U0076143

# 又做了，相同的夢

Yoru Sumino
住野夜

丁世佳 譯

## 【給台灣讀者的作者序】

台灣的讀者們大家好，第一次見面的讀者們則是初次見面，我是住野夜。這次《又做了，相同的夢》在台灣出版，跟我之前的作品《我想吃掉你的胰臟》一樣，能夠遠渡重洋讓外國的讀者們閱讀，讓我覺得又驚又喜。

這次的作品主角是一個小學女生。她個性認真，態度有點跩，非常喜歡散步。我希望閱讀本書的各位，能跟隨她的腳步一起在故事裡漫遊其中。

說點題外話，我把在成為小說家前最喜歡的事物及受到的影響都寫進了這個故事裡，特別是叫做THE BACK HORN和10-FEET的兩個樂團，對我的影響更是無法估量。要是大家有興趣的話，請聽聽他們的音樂，我會很高興能和大家分享。

那麼就請欣賞這個故事吧。希望能成為大家重視的一本書，也期盼這本書能在大家追求幸福的途中助上一臂之力。

住野夜

## 【專文推薦】

幸福到底是什麼？而人生至此，你是否也曾經有過後悔的念頭，想著當初如果這麼做（或者如果沒有這麼做），就能夠獲得幸福了呢？住野夜《又做了，相同的夢》就是試圖探討這個主題的小說。

小說的主角是一位名叫小柳奈乃花的小學女生，故事皆從她的口中所說出。但老實說，奈乃花並不是個典型的、可愛又理想的角色，若剛開始閱讀，讀者或許會有點不耐煩，很難一時就接受她那種人小鬼大的敘述語氣。不過，有趣的也在這裡：隨著故事的進展，讀者很可能漸漸在這個自以為洞悉一切、實際卻仍懵懂幼稚的女孩身上，看見自己的身影，進而被吸引到故事世界當中。

以《我想吃掉你的胰臟》這部百萬暢銷小說正式出道的住野夜，相當會描寫那種不善處理人際關係、個性有些封閉內向的人物，但更重要的是，他還知道如何不過份耽溺於私我的情緒之中，適時帶入客觀的角度，引領讀者相對化地觀看故事，這才是他總能引人共鳴的關鍵。

這是住野夜的第二部小說，在轟動出道之後的作品總是格外引人注目，對作家本身也是一大挑戰，不過在這本書裡，我們可以看見住野夜的覺悟和企圖：他並不複製上一本書的風格與成功模式，捨棄較能輕易攫獲大眾目光的純愛類型，轉而帶進更多對「人生」、對「幸福」等主題的討論與思索。

走在人生之道上，難免碰到岔路，使人徬徨不清。現實也許不像小說，不像奈乃花總能遇見智者引導，做出正確選擇；好在，小說也可以當作人生的預演，《又做了，相同的夢》或能對於找尋幸福的讀者有所啟發。

作家 盛浩偉

【專文推薦】

每一盞亮著的夜燈，都映照著不同的心事。

販賣季節的馬蛋貨小姐、忘了怎麼哭泣的南姐姐、會做好吃馬德蓮的獨居阿嬤……沒有同齡朋友的小女孩在各懷心事的大人間穿梭，為了完成老師指派的作業：甚麼是幸福？

「腦子壞掉的人可以逃避自己討厭的事」——我們的世界都曾經那麼直接：炎炎夏日的一顆西瓜、願意陪你散步一段的貓咪、小王子和他那會說話的玫瑰，就可以讓我們快樂很久很久；同班同學的冷言冷語、沒有家人出席的家庭日和大人的眼淚，就可以讓我們的宇宙瞬間灰飛煙滅。

後來，我們都開始「長大」了——為了鎮定不安的心，用美工刀抵著自己的手腕；花上畢生的力氣，只為了讓自己顯得比別人聰明；對著別人的不幸，啪擦啪擦地用手機拍照……

相同的夢在不同的腦海中上演，闔上了眼睛未必表示真正的睡去。

我曾經跟小女孩一樣，如果看到很棒的故事，會覺得好像吃掉這本書，就可以活下去了。後來我才明白，「活下去」這個動作其實需要很大很大的勇氣，有時比選擇死亡還要來得難：孩子們在辜負與悲傷中慢慢抽長了身子，為了自保逐漸放棄了真心。長大後開始喜歡上苦的東西，每天早晨用咖啡把自己灌醉，入夜後用酒精喚回對生命僅剩的一點熱情。

但我在哭泣之餘，仍一廂情願地相信：每一盞熄了的夜燈下，都在上演相同的夢——一個小孩在研究關於幸福的問題。

我跟故事裡的小女孩一樣，是屬於喜歡的東西會先吃掉的類型。在閱讀的過程中，好幾度想把這個故事吃下去，只為了早點知道那危險又甜蜜的答案：幸福的定義。

詩人 徐珮芬

# 1

「老師，我腦子壞掉了，今天的體育課讓我請假吧。」

我，小柳奈乃花，分明高高舉起了小學生的小手，站起來認真地這麼說道，卻被告知放學後到教職員室來，還叫我去操場跑步，真是令人難以接受。

大家都離開後，我一個人走到教職員室，知道一定要被老師訓了，但心裡仍然完全不知道自己有什麼不對。

「老師可能以為我那麼說是在開玩笑，但我有自己的打算，也就是說，我覺得有勝算才那麼說的喔。」

仁美老師雙手抱胸，跟坐在椅子上的我四目相交。

「那是什麼呢？妳的勝算。」

她帶著溫柔的表情問道。

我也不甘示弱，交抱起兩條小胳膊。

「昨天我在電視上看到一個節目，各式各樣的人對不知哪裡發生的事件發表感想。有一個好像很厲害的人說，在日本，腦子壞掉的人可以逃避自己討厭的事。我問媽媽那個感覺很厲害的人是誰？媽媽說是大學的老師。既然大學的老師都這麼說了，那在小學當然也行得通，不是嗎？因為大學下面是高中，高中下面是國中，然後再下面才是小學啊。」

我抬頭挺胸說出自己的想法，以為老師會很佩服，沒想到老師卻露出非常困擾的樣子，嘆了一口比平常都要深的氣。

「老師妳怎麼啦？」

「小柳同學，妳能有這種想法，並且清楚地表達出來，這表示妳很聰明，我覺得是一件好事。」

「我也這麼覺得。」

「很好，妳很有自信。但是呢，為了進一步發揮妳這種才能，老師有一些建議，妳就聽聽看吧。」

「喔，可以啊。」

老師微微一笑，豎起食指。

「嗯。首先第一，想到什麼立刻付諸行動雖然很重要，但在此之前，花點時間思考，等待一下也同樣重要。明白嗎？」

我晃著腦袋上下點著頭。老師繼食指之後又豎起中指。

「第二，逃避討厭的事情未必一定是正確的。雖然有逃避也可以的情況，但體育課對健康有好處，而且賽跑妳不是也比之前跑得更快了嗎？」

老師說的確實沒錯，今天賽跑的時候我跑得有比以前快一點。但是腿瘦得要命，這真的對健康有好處嗎？

老師接著豎起無名指。

「然後第三，我覺得那位大學老師說的話並不對。上電視的人和很厲害的人說的話不一定就是對的。那些話到底正不正確，妳得自己好好想一想才行。」

「所以呢，老師，也就是說，」

「嗯。」

「仁美老師妳說的話，也不一定就是對的囉。」

「就是這樣。」

老師溫柔地望著我，回答道。

「所以這也得妳自己好好想一想。但是呢，請妳相信一點。老師希望妳能幸福快樂，也希望妳能跟大家好好相處，明白嗎？」

仁美老師這樣認真的表情我看過好多次，我很喜歡老師這種表情，因為跟其他老師的表情比起來，感覺比較沒那麼假。

我試著仔細回想老師所說的話，當然也好好思考過腦袋的動作是要上下還是左右，最後決定慎重地上下點頭。

「我知道了。比起大學的老師，我更相信仁美老師。」

「嗯，這樣的話，以後妳想在班上做什麼的時候，先跟老師討論一下吧。」

「我答應是因為我覺得這樣做是對的喔。」

「嗯，這樣就好。」

老師好像真的很高興地笑了起來，拍拍我的頭。看見老師的表情，我覺得她一定真的希望我幸福快樂。我也這麼想。

「仁美老師說的幸福是什麼啊？」

「喔，有很多呢。對了，我就先告訴小柳同學吧。明天的國文課，我會要大家想一想幸福是什麼喔。」

「哎，好像很難。」

「嗯，雖然很難，但是老師跟大家都要好好想想對自己來說，幸福是什麼。所以小柳同學也想想看吧。」

「我知道了。我會想一想的。」

「嗯，要對班上同學保密喔。」

仁美老師把食指靠在嘴唇上，蠢蠢地對我眨眼，然後順手從隔壁信太郎老師的桌上拿起了巧克力。

「我的幸福，第一就是甜食喔。」

仁美老師說道。

「那可能也是我的幸福。」我望向信太郎老師，他笑著說。「不要跟大家說喔。」

接著也蠢蠢地對我眨眼，給了我一塊巧克力。

「那我走了，老師。」

我在教職員室門口對老師揮手。

「路上小心。對了，妳平常都跟誰一起回家？」

「我雖然是小孩，但還是可以自己一個人回家的。」

「對。今天是老師讓妳晚走了，從明天開始，跟大家一起放學回家應該也很有趣，試試看吧。」

「我會考慮的。但是呢，老師，」

我把巧克力放進嘴裡，告訴老師。

「人生啊，就像一部很棒的電影。」

老師好像很感興趣似地把頭傾向一邊。我很常跟仁美老師說類似這樣的話，老師也總是很認真地思考我的意思，雖然她通常都會想錯。

「嗯——，意思是妳是主角？」

「不是。」

「哎，我投降，那是什麼意思？」

「只要有零食，一個人也能很享受的意思喔。」

我轉身背對跟平常一樣滿臉困擾的老師，快快離開無聊的小學，踏上回家的路。

回到家一個人也沒有，我把書包放在自己的房間後，便立刻又出門去。我有好好把家門鎖上，從大樓十一樓搭電梯到一樓，樓下的大門自動打開，我走了出去。

走出玻璃門，看見朋友剛好經過，她總是算準了我放學的時間，並在我家附近徘徊。

我家的大樓比周圍其他建築物都要高，她應該也很容易找到吧。

「妳好。」

我跟她打了招呼。

她早就注意到我了，但卻擺出好像剛剛才看到的樣子，「喵～」地叫了一聲。

「這麼差勁的演技是沒辦法當女明星的喔。」

「喵～」

她一如往常抽動被截斷的尾巴，開始走向我想去的方向。

我的步伐雖小，但還是遠勝於她，不一會兒就趕上去跟她並肩前進。我發出「嘻嘻」的勝利笑聲，她倏地別過臉去。

真是的，太不可愛了這孩子。

我們一起走向目的地，我跟嬌小的朋友述說了今天發生的事情。

「竟然有這種事呢。」

「喵～」

「每個人的想法都不一樣，貓的世界也會這樣嗎？」

「喵～」

「也是，我們是不同的生物，要互相瞭解是很困難的。」

她興味索然地又「喵～」了一聲。

她對我的話題一向不感興趣，貓的生活可能跟我的煩惱沒什麼關係也說不定，只是這樣有點沒禮貌就是了。

沒辦法，我決定唱她也會喜歡的歌給她聽，能讓趾高氣昂的她扭過頭的只有牛奶和我的歌聲了。真是傲嬌的貓。

我唱著自己最喜歡的歌——

「幸～福～不會～走～過～來～」

「喵～喵～」

「所～以～要～自己～走過去～」

她露出漫不經心的樣子，但叫聲比平常更有抑揚頓挫。

她的歌聲非常好聽。雖然她不會跟我說，但歌聲這麼好聽，一定有很多男生追求吧。

我們倆在靜謐的小路上一面唱歌一面往前走，走到盡頭寬闊河流的堤防邊。走上階梯來到河堤上，周圍沒有高大的建築物，強風吹拂過我的頭髮，非常舒服。對岸是隔壁的城鎮，我覺得氣味跟我們的小鎮有點不一樣。

這裡的河邊空地是小朋友們的遊樂場，但我沒有興趣。尾巴短短的她對河邊空地上滾動的球好像有點意思。但她對球的興趣不可能大於牛奶啦。

我們沿著河邊的堤防邊唱邊走，跟路過的人和坐在紙箱上的大叔打招呼，常常在商店街碰到的阿婆給了我們糖果，走著走著，不一會兒就到了我們的目的地。

那是一棟乳白色的兩層樓公寓。我們從堤防的階梯走下來，走近那間像是四方形奶油蛋糕的公寓。

我叫斷尾美女不要太大聲，兩人一起哐哐哐地踩著公寓的樓梯往上走。她比我早一步上去，很快跑到二樓走廊盡頭的門前「喵～喵～」地叫起來。她不像我這麼聰明啦。

我優雅地走到門前，替搆不到門鈴的她壓下按鈕。

房間裡響起叮咚的聲音之後幾秒鐘，我還沒來得及在腳邊發現螞蟻，門就打開了。一個跟平常一樣穿著T恤和長褲的漂亮姐姐走了出來，今天她的頭髮比平常亂，好像很睏的樣子。

「妳好！」

「嗯，妹妹好。今天也很有精神呢。」

「嗯，我精神很好。馬蚤貨小姐今天沒精神嗎？」

「不會啊，我精神很好呢。剛剛才睡醒。」

「已經下午三點多了吔。」

「也有人現在是早上啊，我就是這種人。」

「還有其他人嗎？」

「比方說美國人。」

我覺得馬蚤貨小姐隨便的回答很有趣，便嘻嘻地笑起來。

「進來進來，小喵也肚子餓了吧。」

馬蚤貨小姐被我逗得邊笑邊說。

我脫掉鞋子，走進馬蚤貨小姐的家，斷尾美女在門外等待。真是的，只有這個時候才有禮貌，好個壞女孩。

馬蚤貨小姐把牛奶倒在舊碗裡，拿到外面給她，然後把門關起來，給了我一瓶養樂多，我一面喝一面看著馬蚤貨小姐梳理睡亂的頭髮。

我上學的日子大概都會到這裡來玩。馬蚤貨小姐是大人，所以很忙，我來的時候她常常不在家，但只要她在就會請我喝養樂多，偶爾還有冰可以吃。在外面喝牛奶的那個孩子也知道馬蚤貨小姐是個好人，總是高高興興地跟來等著喝牛奶。

馬蚤貨小姐打開窗戶，從冰箱裡拿出三明治，坐在亂七八糟的床鋪上，而我坐在四方形房間中央的圓桌旁邊，喝著養樂多。

「學校怎麼樣啊？小朋友。」

馬蚤貨小姐吃著雞蛋三明治，窗口的光線照亮了她的長髮，讓她看起來跟天使一樣。

我把剛才告訴斷尾美女的事情又跟馬蚤貨小姐講了一遍。馬蚤貨小姐一直到中途都只點點頭，但當我說到：「主意雖然不錯，但沒實力跟不上也沒辦法。」的時候，她大聲笑了起來。

「沒有人會覺得妳腦子壞掉啦。」

「為什麼？」

「因為妳很聰明啊。就算做了有點奇怪的事，大家也會覺得一定是有理由的。所以妳才被叫到教職員室去，不是嗎？」

「說得也是。那下次我要裝出腦子更不清楚的樣子。」

我朝上方斜斜地伸出舌頭。馬蚤貨小姐又大聲笑起來。

「那位老師真是個好老師。」

「對，非常好的老師喔。雖然有時候搞不清楚狀況。」

「大人都搞不清楚狀況的啦。」

馬蚤貨小姐站起來，從冰箱裡拿出一個罐子，噗咻一聲打開。

「那是甜的嗎？」

「又甜又苦喔。」

「為什麼要喝苦的東西呢？馬蚤貨小姐也喝咖啡不是嗎？那苦得要命吔。妳是忍耐著喝嗎？」

「不是，我是因為喜歡才喝的。酒跟咖啡都一樣，我小時候也不敢喝咖啡。只有大人喜歡苦味。」

「原來如此。那我有一天也會喜歡苦的東西囉。」

「或許吧。但也沒有必要勉強自己喝啦。只覺得甜的東西好吃我覺得很棒啊。」

馬蚤貨小姐帶著清澈的笑容說。

馬蚤貨小姐說的話和笑容，都有一種跟香水不一樣的香氣。之前我跟馬蚤貨小姐這麼說，她笑著回答：「**那是因為我不是像樣的大人啊。**」

這要是真的，那我也不想成為像樣的大人。

「人生就跟布丁一樣。」

「什麼意思？」

「分明只有甜的才好吃，但也有人喜歡苦的。」

「啊哈哈哈，就是這樣。妹妹果然很聰明。」

馬蛋貨小姐笑著喝了一口酒誇道。獲得稱讚，我非常非常高興。

「馬蛋貨小姐工作上有什麼好玩的事嗎？」

「工作沒有好玩的。」

「這樣嗎？但我爸爸和媽媽好像都很喜歡工作吔。他們總是不在家。」

「一直都在工作並不表示工作很好玩。要是覺得工作好玩，那真是太幸福了。」

「一定很好玩啦。比跟我玩有趣多了。」

「要是覺得寂寞的話，就坦白說出寂寞會比較好。」

「那樣就太不聰明了。」

我左右晃動腦袋。接著，我問了馬蛋貨小姐剛才對話中我介意的一點。

「工作不好玩的話，那馬蚤貨小姐就不幸福囉？」

「我現在最幸福的事，就是妳來找我吧。」

馬蚤貨小姐並沒有回答我的問題，只淡淡一笑說道。

我明白這不是大人常常用來敷衍搪塞的謊話，所以非常高興。

「幸～福～不會～走～過～來～所～以～要～自己～走過去～」

「我也喜歡這首歌。一天一步，三天三步。」

我們倆一起合唱：「前進三～步後退兩步～」

「說到這個，我得想想幸福是什麼才行，要在課堂上發表的。」

「哎，我小時候也有這種作業吔，真是懷念。妹妹的幸福是什麼呢？」

「還不知道，我才剛剛開始想。」

「這個問題很難呢。來點幸福的提示好了，要不要吃冰棒？」

「那我不客氣了！」

我和馬蚤貨小姐一人吃了一根蘇打冰棒，一面跟平常一樣玩黑白棋。

棋盤棋子好像是馬蚤貨小姐小時候就有的東西。之前爸爸也買過一套黑白棋給我，但家裡沒人跟我玩。馬蚤貨小姐要是來我家的話，就可以跟她玩了，所以家裡有還是很安心。

要說我和馬蚤貨小姐誰比較厲害的話，總有一天，我會變強的。馬蚤貨小姐贏了兩次，我贏了一次之後，她望向牆上的時鐘。

「喔，已經四點了。」

我心想時間過得真快啊，開始收拾黑白棋。

「馬蚤貨小姐，謝謝妳的養樂多和冰棒。」

「不客氣、不客氣，幫我跟阿嬤問好喔。」

我總是在四點左右離開馬蚤貨小姐家。其實我還想多跟她聊聊，多下一會兒黑白棋，但還有別的地方要去。

我穿上剛剛好合腳的粉紅色小鞋，又跟馬蚤貨小姐道謝，然後打開門，喝完牛奶的斷尾美女乖乖地坐在外面等，馬蚤貨小姐輕輕地把裝牛奶的碗拿起來。

「我會再來玩的。」

「嗯，隨時都可以來。」

「馬蚤貨小姐接下來還有事嗎？」

「再睡一下吧，然後準備工作。」

「工作加油，注意身體。」

「好的好的。妹妹也加油努力找到幸福。要是一邊走一邊找到了，要告訴我喔。」

「嗯，那妳好好休息。」

馬蚤貨小姐揮了揮手，我關上了門。

馬蚤貨小姐的工作是在我睡著之後開始，然後在我醒來之前結束。真不可思議。我不清楚馬蚤貨小姐的工作是什麼，但晚上工作白天睡覺我一定沒辦法，所以光是這樣就很值得尊敬了。

我和斷尾美女一起靜靜地走下樓梯，思索著馬蛋貨小姐的工作。之前我問她從事什麼工作時，她一面笑一面說：「我的工作是販賣季節。」

她的話讓我覺得那一定是非常、非常棒的工作。

那天又冷又下雨。

我穿著可愛的粉紅色雨鞋，撐著一把漂亮的紅傘，在堤防上追著小青蛙，黃色雨衣飄啊飄的。綠色的小青蛙非常漂亮，好像很愉快似的規律地在步道中間往前跳，我目不轉睛地盯著看。

追了一會兒綠色青蛙，不知何時，我也跟牠一起蹦跳起來，好像我們一起在做什麼特訓一樣，自己都笑了起來。青蛙仍舊認真地進行特訓，我振奮地替青蛙打氣。

但青蛙不知道是沒聽到我的加油聲，還是一開始就沒打算進行特訓，突然咚地跳進草叢裡，就這樣消失了蹤影。我不想和牠分開，跟著走進草叢裡，長靴都沾滿了泥巴，還是找不到青蛙。總覺得好可惜，但也沒辦法，我已經越過草叢走到河邊空地，只好再度回到堤防上。

我無法放棄命運可能讓我們再度相遇的想法，所以選擇了跟剛才下來時不同的路線。

她，在那條路的盡頭等著我。

她在草叢裡縮成一團。當我看到時，立刻踩著積水水花四濺地奔過去。她滿身泥濘，身上處處泛紅，更有甚者，尾巴只剩一半。

糟糕了。我只想到這一點。她是誰？為什麼會變成這樣？我完全沒有想過。

我把傘收好，輕輕把她抱起來，慢慢地爬上堤防以免嚇到她。我可以感覺到她小小身體呼吸時的起伏。

一開始我想把她帶回家，但我想起就算回家家裡也沒有人，便放棄了這個主意。但我一個人沒辦法替她療傷。

雨水打在我臉上好冷，她一定也很冷吧。

我努力想著辦法，最後決定向別人求助。我衝下河岸另一邊的堤防，往附近的乳白色公寓跑去。跑步時我全身震動，但懷裡的她一動也不動。

我從公寓一樓的第一戶開始照順序按門鈴，第一戶沒有人應門，下一戶、下一戶、下一戶也都沒有，到了第五戶終於有個女人開門，她一看見我立刻就把門關上。我繼續按門鈴，但大部分都沒有人在，偶爾有人開門，卻沒有人肯聽我說話。她在我懷裡顫抖。

我走到了兩層公寓的最後一戶人家，按了二樓最後一家的門鈴時，心臟不知道跳得有多快，很害怕自己懷中那個越來越微弱的呼吸會消失。

房裡響起門鈴的聲音，我聽到裡面有動靜，知道有人在讓我稍微安心，在此之前有好多家雖然開著燈，但卻沒有人在家。

腳步聲慢慢接近玄關，開鎖的聲音傳來，門把轉動，門打開了。

「救救這個孩子！」

我大叫著。門內漂亮的大姐姐驚愕的表情持續了幾秒鐘，她來回地看著我和懷裡的她。我直直望著大姐姐的眼睛。仁美老師教我跟別人說話時，不能不看著對方的眼睛。

大姐姐的視線停留在顫抖的她身上，然後做了一件我之前在這棟公寓碰到的人都沒有做的事——她迎上了我的視線。

「等一下。」

大姐姐走進房間裡，立刻拿著毛巾又走回來，然後從我手裡接過小小的生命，用毛巾裹住，再度走回房間裡面。

「妹妹也把雨衣和雨鞋脫了，進來吧。」

她用非常溫柔的聲音對我說。

我鬆了一口氣，幾乎當場就要睡著了，但我得先道謝才行。

這位溫柔的大姐姐叫什麼名字？我邊想著邊望向門旁邊的名牌，閱讀著上面用黑色馬克筆寫的潦草字跡。

「馬蚤貨，小姐？」

真是不可思議的名字，簡直不像日本人，搞不好她是外國人，雖然看起來不像。我把頭歪向一邊。

「來吧，不用害怕，快點進來。」

大姐姐叫我進去，結果我還沒來得及道謝，就先被推進浴室，不知怎地就沖了一個澡。我換掉濕透的衣服從浴室出來，她替我準備了柔軟的大人睡衣，讓我換上。

姐姐替她斷掉的尾巴包紮，我在旁邊靜靜地看著，不妨礙。

治療完畢後，我終於可以道謝了。

「真的非常謝謝妳。」

「不客氣。妹妹的衣服我放進烘乾機了，在衣服乾之前妳就等一下吧。」

「嗯，哎，馬蚤貨，小姐？」

我叫著大姐姐的名字，她吃了一驚。應該是我竟然知道她的名字，讓她嚇了一跳吧。

「門口的名牌上寫的。我可以叫妳馬蚤貨小姐吧？」

「我的名字？」

「嗯。」

我點頭。馬蚤貨小姐立刻哇哈哈哈地大笑起來，我完全不知道她這樣笑是什麼意思，但她好像很高興就是好事，我也一起笑了起來。

「啊——哈哈，啊——，嗯，妳可以這樣叫我。那是我的名字。」

「妳是外國人嗎？」

「不是，我是日本人喔。」

「哎，好稀奇的名字。」

我感嘆道。馬蚤貨小姐又笑起來。

「對了，馬蚤貨小姐，為了感謝妳救了這個孩子，我替妳寫名牌吧。這麼說可能很沒禮貌，但外面的字實在不太好看，我的字很好看喔。」

我這麼提議，但馬蚤貨小姐溫柔地搖頭。

「嗯——謝謝妳，但是那幾個字不值得麻煩妹妹啦。反正也不是我自己寫的。」

「哎，那是誰寫的？」

「不知道，我忘記是誰啦。」

這次馬蚤貨小姐只是微微笑著說道。

我、馬蚤貨小姐和斷尾美女就這樣成為好朋友了。

仁美老師好像以為我沒有朋友，但其實我有很好的朋友——一起下黑白棋的朋友、一起散步的朋友，也有可以討論書本的朋友。

所以就算我在學校沒有朋友、爸爸媽媽都很忙完全沒空陪我玩，我也並不寂寞。

我和阿嬤認識的經過，並不像跟斷尾美女和馬蚤貨小姐那樣糟糕。

不糟糕的意思是，我認識她的時候，表情並不悲傷也不難過。

爬上我家附近的小山丘，穿越樹林就會出現一處空地，那裡有一棟很大的木造房子。某一天，我發現了那棟在這附近很難得看見的大木屋，覺得實在太讚了，就一直盯著看。過了一會兒，由於實在太安靜，心想是不是沒有人住，便走過去敲了敲門，一位笑容滿面的阿嬤出來應門。

從那天開始，我就跟阿嬤成了朋友。

今天大木屋也跟往常一樣，還是那麼棒。

「阿嬤做的點心為什麼這麼好吃？」

「我活得夠久，所以知道要怎麼做才會好吃，如此而已。」

阿嬤喝著茶，若無其事地說道。

我一面吃阿嬤做的馬德蓮，一面想解析好吃的秘密。斷尾美女在客廳外面對草地的木頭走廊上曬太陽。

我坐在榻榻米上的矮桌旁邊，一面吃馬德蓮，一面開始聊起今天想跟阿嬤討論的事。

「阿嬤推薦的《小王子》，學校圖書室裡有，我看了。」

「好看嗎？」

「嗯——，裡面的話很有意思，但對我來說有點難。」

「這樣啊。小奈果然很聰明。」

「我也這麼覺得。但顯然還不夠，我完全看不懂。」

「明白自己不懂很重要喔。分明不懂還以為自己懂了，才是最糟糕的。」

「是這樣嗎？」

「不懂歸不懂，看了之後有什麼特別印象深刻的地方嗎？」

「這個嘛，跟箱子裡的羊比起來，應該還是能一起散步的貓咪比較適合我。」

阿嬤溫柔地微笑，望著在走廊上睡覺的那個孩子。

「難得被小奈稱讚了，卻睡得這麼幸福。」

「沒關係，那個孩子一下子就會蹺起來。」

她搖著斷掉的尾巴，打了個呵欠，我也被她傳染了，不成體統地張開大嘴打起呵欠來。

打呵欠的時候我想起來了，我把跟馬蚤貨小姐說的話也跟阿嬤說了一遍——就是學校發生的事。

我同樣從頭開始說起，阿嬤也跟馬蚤貨小姐一樣大笑。

「這樣啊，這樣啊。跑了操場，放學後還被留下來，真是辛苦。」

「也沒有啦。不對，我討厭體育課，但留下來並不辛苦。我很喜歡仁美老師。」

「真是個好老師。」

「嗯，非常好的老師，雖然有點搞不清楚狀況。嘻嘻，這話我也跟馬蚤貨小姐講過。」

「今天下黑白棋贏了嗎？」

「只贏了一次，但是那一次也只贏一子。我哪天下黑白棋會變強嗎？」

「會有那一天的。小奈有看見未來的力量。玩遊戲的時候，這種力量是不可或缺的。」

阿嬤說的話不會是謊言。我明白這一點，所以非常高興。

阿嬤的言語和笑容都有著跟線香不一樣的好聞香味，和其他大人很不一樣的，香味。

之前我跟阿嬤這麼說，阿嬤只笑著回答：「這是因為我已經不是大人啦。」

「那麼馬蚤貨小姐也有看見未來的力量囉。」

「這就不知道了。大人跟小孩不一樣，是看著過去的生物。」

「但是馬蚤貨小姐比我厲害吔。」

「因為她活得比小奈久，知道怎麼樣才能贏。」

阿嬤常常說活得比較久這種話。確實阿嬤活的時間是我的七倍，要是有那麼久的時間，或許我也可以知道怎樣才能做出好吃的馬德蓮。

吃完一個馬德蓮，我朝盤子伸出手要拿第二個，但後來並沒有拿。因為今天我已經喝了養樂多也吃過冰棒了，現在再吃兩個馬德蓮的話，就吃不下媽媽煮的晚餐。

我為了忘記馬德蓮，把注意力轉向別的地方。

「阿嬤，學校出了作業要我們想幸福是什麼？」

「這作業還真有趣。」
「對啊，但是真的很難。要是可以說很多的話就好了，可是上課時間有限，而且班上不止我一個人。」
「就是呢。妳得好好整理一下，挑出最核心的部分才行。」
「我想找到一個能讓仁美老師嚇一跳、讓班上大家都認可的答案。」
我想像自己被仁美老師稱讚的樣子，不禁得意了起來。在得意忘形之下又想伸手拿馬德蓮，幸好及時忍住。阿嬤看著我這樣笑了起來。
「阿嬤的幸福是什麼？」
「我的幸福啊——有很多喔。在這種晴天喝茶、一個人住很寂寞的時候小奈來找我，像這樣的。但如果只能有一個答案的話，就很困難。我會再想一想。」
「嗯，好好想想吧。對了，阿嬤現在幸福嗎？」
「嗯，很幸福。」

阿嬤喝了一口茶，笑著回答我。

阿嬤好像真的很幸福似地，連我也覺得幸福了起來。我望向走廊的方向，那個孩子也很幸福地睡著，我覺得這棟大木屋現在可能充滿著幸福的成分。

「對了，阿嬤，再推薦書給我看吧。」

「妳說看過《湯姆歷險記》吧。」

「對，很好看。」

「那湯姆的朋友當主角的那本呢？」

「露宿的哈克嗎？有別本書在講他？」

「喔，妳不知道啊。書名叫《頑童歷險記》，也非常好看喔。要是圖書室沒有的話，可以問一下仁美老師。」

得到了非常好的資訊。我把《頑童歷險記》這個書名，好好收進放置重要回憶的場所裡。

我非常喜歡和阿嬤討論書的話題，所以總是忘了時間。

——《小王子》裡面最喜歡哪一段？我喜歡小王子跟玫瑰的故事。我覺得非常可愛。阿嬤呢？

——我喜歡蟒蛇吞象的那幅畫。

聊著聊著，外面的天色轉橘了。我望向牆上的時鐘，不知何時已經五點半，我得在六點之前回家才行，這是跟媽媽說好的。

我叫起擺動尾巴的朋友，跟阿嬤道別。

「那就下次再見了，阿嬤。」

「回家路上小心喔。」

「嗯，我會去找哈克的書。」

阿嬤送我到門口，我對她揮了揮手，另外一個則搖著尾巴，接著我們一起走下小山丘的步道。

橘色的路非常漂亮。像這樣道別的時候，我也並不寂寞，因為我還有明天和後天。
「幸～福～不會～走～過～來～所～以～要～自己～走過去～」
「喵～喵～」
我和斷尾的朋友在中途分手，並回家寫作業，大約六點半的時候，媽媽回來了。媽媽有時候星期六、日都不在家，不過晚餐時間她一定會回來，所以我覺得要是一直都是晚餐時間就好了。但這樣的話，我就得放棄早餐的優酪乳。
今天的晚餐是咖哩飯。我雖然喝了養樂多，吃了冰棒和馬德蓮，但還是吃了兩份咖哩飯。
「非得減肥不可了。」
「沒有必要啦。」
媽媽笑著說。她拿出從公司帶回來的餅乾給我，我遲疑了半晌，把香草冰淇淋放在餅乾上面吃掉了。

「幸福，可能就是把喜歡的冰淇淋放在餅乾上吃也說不定。」

「我的話，則是跟咖啡一起。」

坐在對面的媽媽邊說邊將餅乾浸在熱咖啡裡吃掉。

吃完之後，我跟平常一樣泡了澡，十點就想睡了。

跟平常一樣，我沒有跟媽媽提起馬蚤貨小姐她們的事，也沒有跟我睡著之後才回家的爸爸說。

## 2

一大早，我在小學的鞋櫃處換便鞋，就碰見了討厭的傢伙。

我的心情若用顏色來表示的話，就變成了灰色。這種時候或許該說藍色，但是我喜歡藍色，所以……

「喔，腦子壞掉的傢伙來啦！」

從教室方向傳來完全不具知性的聲音，我毫不遮掩地嘆了一口氣，準備面對他們。

「我腦子是壞掉了，但你們的分數比我還差，顯然有夠笨的。真是新發現。」

那幾個笨蛋同學憤怒的表情讓我覺得很爽，但我拒絕跟他們進一步對話，不管他們說什麼我都不予理會，最後他們終於拋下一句：「膽小鬼怕了吧！」之類的，讓人想稱讚他們會說日語之後就走了。我這才終於把鞋子換好走向教室。

就在這時——

「早安，小柳同學。」

背後有個聲音止住了我灰色的步伐，我轉過身看見是同班同學，表情一變。

「啊，荻原同學，早安。」

「昨天我看完了《湯姆歷險記》，非常有趣。」

「啊，這樣啊，那太好了。你喜歡哪一段？」

「油漆的那一段吧。還有我覺得湯姆超帥的。」

「湯姆確實很有魅力，又很聰明。」

「我也喜歡哈克。」

「露宿的哈克。說到他，我打算……」

我說到這裡就停住了。理由並不是要獨佔阿嬤告訴我的話，而是因為有個男生從荻原同學背後跑過來，輕輕撞了他一下。我轉身背對吃驚的荻原同學，荻原同學應該沒有看著我的後背吧。

跑過來撞荻原的男生是跟他非常要好的同班同學，要好的男生之間才有撞來撞去這種特殊的肢體接觸，絕對不是欺侮他。荻原同學既不會被欺侮也不會欺侮別人，他有很多朋友。

相形之下，我在班上沒有朋友，於是決定轉身背對他們。但我也並不是被欺侮了，只是因為不知怎地，除了荻原以外，班上的同學好像都討厭我，覺得我很難相處，雖然我從來沒有被大家欺侮過。

我顧慮荻原同學的朋友，所以先走開了。男生的友情沒有女生介入的餘地。

在進教室之前，我有個要去的地方，圖書室。

小學的圖書室一大早就開放了，這是一件非常令人開心的事。仁美老師來之前，教室吵得要命，我可以躲在安靜的圖書室裡。

走進圖書室，迎接我的是書本特別的氣味和圖書室的老師。我詢問老師這裡有沒有昨天阿嬤告訴我的那本《頑童歷險記》，老師把我帶到某一排書架前面，然後讓我自己找。

圖書室的老師以前說過：「**喜歡看書的話，應該也會享受找書時興奮的心情吧。**」我覺得這話說得沒錯。

我立刻找到了《頑童歷險記》，興奮的感覺讓我指尖發麻。我拿起書，把書包放下，坐在旁邊的位子上。

翻開書本第一頁時那種無法言喻的感覺，班上一定只有我和荻原同學能瞭解。真是太可惜了。

我朝露宿哈克的故事踏出了人類的一小步。

圖書館非常安靜，味道又好聞，老師很溫和，真是個好地方。但這個地方還是有一點不好，那就是太過沉浸在書本裡。

圖書室的老師出聲叫我之前，我完全忘了自己在學校裡。今天老師也在朝會鈴聲響前把我拉回這個世界。於是我借了《頑童歷險記》，放進書包，並跟圖書館的老師和書本們道別。

走廊比我剛到學校時更吵了。我一步步爬上樓梯，走到三樓的教室。

我走到教室前面，不理會在走廊上奔跑的男生，進了教室也沒有引起任何反應，就跟平常一樣。我直接走到教室最後面的位子，將書包放在椅子上坐下。

坐在我隔壁的桐生同學看見我來了，急忙闔起膝上的筆記本。

「早安，桐生同學。」

「早、早、早安，小柳同學。」

他像被人捉弄到生氣時一樣很快地說道，同時把闔上的筆記本塞進抽屜裡。

「你在畫什麼？」

「什，什麼都沒有。」

說謊，我知道隔壁的桐生同學在說謊。

他在畫畫，上課的時候他也常常在筆記本上塗鴉。他可能以為自己隱藏得很好，但我坐在隔壁看得一清二楚。

他非常有畫畫的才能，我覺得應該讓周圍的人知道，但他並不打算這麼做。他只是靜靜地畫畫，卻被一群愚笨的男生取笑，而且不止一次，是好多次。

「桐生同學，人生就跟蛀牙一樣喔。」

「這，這是什麼意思？」

「要是不舒服，就快點解決。下次你畫畫時他們要是再取笑你，就往他們臉上吐口水好了。」

我把書包放在後面的架子上，坐下來這麼說道。

「不，不行的啦。」

桐生同學沒有看我，只是小聲地反駁。

我正要告誡桐生同學：「這麼軟弱是不行的喔。」此時上課鈴聲響了，仁美老師走進了教室。

大家都非常喜歡仁美老師，只要老師在場，氣氛就會明顯好起來。

「大家早！」

「老——師——早——！」

我們在班長荻原同學的口令下，跟仁美老師行禮。

學校無聊的一天又開始了。

第一節是數學，第二節是社會，第三節要討論昨天老師告訴我的幸福作業。我很想炫耀：「我昨天就知道了。」但老師叫我要保密，所以我既沒提作業也沒提巧克力的事。

我們讀了課本上的故事，然後思考故事主人公的心情，五十分鐘一下子就過去了。仁美老師說今天第四節也要繼續第三節的討論，大家要說出自己的幸福是什麼。我之前就在想這堂只有五十分鐘一定不夠，仁美老師的主意我覺得很有道理。

第四節課是要大家一起討論幸福是什麼。兩個人一組，互相提出自己的幸福是什麼，集思廣益。

隔壁的桐生同學和我一組。桐生同學幾乎不主動開口說話，就由我引導討論。

「昨天呢，我把冰淇淋放在餅乾上面吃，那個時候我覺得很幸福。」

「哎——」

「桐生同學有什麼話要說嗎？」

「我啊，嗯，覺得我阿嬤做的牡丹餅很好吃。」

「阿嬤做的點心確實都很好吃呢。」

「嗯，媽媽做的點心我也喜歡，但阿嬤做的種類不一樣。」

「你媽媽會做點心啊！真好。我媽媽都要晚上才會回家。」

我們倆就這樣聊了很久，還做了筆記，作業進行得很順利，中間仁美老師過來察看，誇獎了我們。

但有一件事我很在意，不管講了多少覺得幸福的事情，我都沒有提到看書，桐生同學也沒有提到畫畫，總覺得很不可思議。

「你畫畫的時候，不覺得幸福嗎？」

我好奇問道。

「哎，呃，怎麼說呢，算喜歡吧。」

「那也是一種幸福囉。」

「但，但是，畫畫，只會，被取笑而已。」

「那根本不相干吧！」

我沒料到自己聲音這麼大，不止桐生同學，全班都好像被我嚇了一跳，連我自己也嚇到了。仁美老師看著我們。

「對不起，我太激動了。」我道歉說。

「不要嚇到大家喔。」

仁美老師溫柔地提醒，班上同學再度開始吱吱喳喳。

「那根本不相干。」

我再度對桐生同學說，然後寫下「畫好看的畫」。

桐生同學低著頭，什麼也沒有說。

第四節課結束了，營養午餐也結束了，午休時間我在圖書室度過。雖然現在比早上稍微吵一點，但比起教室還是舒服多了，我可以埋頭跟露宿的哈克一起冒險。

午休結束，鈴聲響起，現在是打掃時間，我回教室拿掃把，桐生同學也跟我一組，他已經開始在打掃教室了。

我們認真地打掃，有個笨蛋男生從操場上回來，說了腦殘的話。

「你們老是畫畫、看書，噁心死了。」

「噁心這個詞指的是你的臉喔，知道嗎？」

我馬上反唇相譏，並望向桐生同學，希望他也能回幾句，但他果然還是什麼也沒說。

第五節跟第六節也結束了，終於到了回家的時間，迫不及待的我「呼」地嘆了一口氣。

現在只要跟老師說再見就好。我這麼想的時候，老師發表了非常重要的通知。

「下下星期有教學觀摩，之前已經通知過各位同學的家長。讓家長來看看大家在學校學習的樣子是非常重要的，所以請大家把現在發的通知單帶回家給爸爸媽媽。各位同學，要答應老師喔？」

「好——」大家回答。

通知單從前面傳過來，我看了內容，高高興興地放進書包裡。我喜歡教學觀摩，因為爸爸媽媽可以看見我在學校有多聰明。

放學後沒有被仁美老師留下來，我就跟平常一樣自己一個人回家。

我跟平常一樣把書包放在房間裡準備出門時，想起了重要的事，又回到房間，從書包裡拿出教學觀摩的通知單，放在客廳的桌上，然後才出門。

尾巴短短的朋友跟平常一樣在大樓外面等我，她「喵～」了一聲，我跟她打招呼，然後一起走向水量豐沛的河流。

爬上堤防，今天也有舒服的風吹拂我的頭髮和她短短的尾巴，我們心情非常愉快，一起大聲唱歌。

不一會兒，我們就唱著歌來到乳白色的公寓，站在熟悉的門前按門鈴。按了一次，什麼也沒有聽見；按了兩次，門沒有開；第三次她在我腳邊隨著門鈴一起喵喵叫，但還是沒有任何回應。

「看來今天馬蚤貨小姐好像不在。」

「喵～」

馬蚤貨小姐很忙，常常不在。我讓遺憾的心情隨風而逝，決定走不同的路回去。

當然不是回家。離開馬蚤貨小姐家之後，我們有要去的地方。

我們在大小房屋間前進，繼續唱著歌，不一會兒就經過我所住的大樓，繞到後面的小山丘。我一路上跟住在附近的人打招呼，冷淡的她只搖著短短的尾巴，趾高氣昂地前進。

「妳啊，對人類這樣也就罷了，在貓咪的世界也這樣的話，會被討厭的喔。」

她充耳不聞地走在我前面，來到小山丘入口處，輕鬆地在樹林間穿梭。

我們到了空地旁的大木屋前，立刻去敲門。第一次敲門，沒有回應；之後又敲了好多次，轉動門把，繞著木頭大屋走了好幾圈。看起來阿嬤也不在家。

我坐在空木箱的邊緣，交抱起短短的手臂。

「馬蛋貨小姐跟阿嬤都不在，真稀奇呢。」

「喵～喵～」

她好像因為沒東西吃而很難過。

「難過也沒有用啊。人生就跟營養午餐一樣。」

「喵～」

「沒有喜歡的菜時，也得苦中作樂。不是嗎？」

她雖然好像並不信服，但我們還是走下小山丘。搞不好下去的時候會剛好碰到阿嬤出門回來，但是並沒有。

我們走到山丘下的公園，比我小的孩子們在媽媽的陪伴下在公園裡賽跑。

那，現在要幹什麼呢？我想了一想。斷尾美女希望落空好像非常難過，躺在我腳邊滾來滾去。

我用聰明的腦袋替她思考，接著我想起一件事。

「去阿嬤家的途中有條叉路呢。」

「喵～」

「這麼說來，我們沒有走過另外一條路。去看看吧！」

她還躺在地上，我用指尖輕戳她的背，她心不甘情不願地站起來，打了一個大呵欠，再度爬上小山丘。

我跟在她後面往上爬，額頭上慢慢浮現汗珠，終於走到了叉路口。我們通常都往右走，今天第一次往左走，左邊的路是斷續的緩坡道。

她運動了一下，心情似乎好了起來，在我前面輕快地前進。貓真是自在的生物啊。

越往上爬，樹林的氣味越濃，大概過了五分鐘左右，一扇壞掉的鐵門出現在前方，那扇像魔法一樣突然出現的門敞開了幾公分。

門摸起來觸感粗糙，發出刺耳的聲音慢慢移動。我遲疑了一會兒，跟斷尾美女交換了視線。既然都來到這裡了，當然要進去看看。我練習了好幾次把舌頭斜斜地往上伸，好在被人發現時蒙混過去。

門後面是跟之前的路不一樣的石階，我踩著石階往上爬，最後來到一處鋪著砂石的空地。

眼前的景象讓我吃了一驚，不由得倒抽一口大氣，腳邊的她跟平常一樣「喵～」了一聲，我不知道她驚不驚訝。

「這裡竟然有這種房子。」

與阿嬤家反方向的那條路，也通往跟阿嬤家完全相反的房子。那是一棟像是石頭箱子的四方形建築，牆壁上有個像窗戶一樣的洞，房子看起來有兩層，但到底原來是不是這樣完全看不出來。沒有標誌的破爛建築就像個石頭箱子，完全沒有阿嬤的大木屋那種溫暖的感覺。

我走過去，應該是門的地方並沒有門，我遲疑了一會兒，小心翼翼地潛入那個洞裡。斷尾美女一點也不緊張，大大方方地走了進去，我趕緊跟上嬌小的朋友。我不會跟別人說，但我心裡有點害怕。

首先察看一樓。一樓沒有任何房間，只有空蕩蕩的地板，完全沒有人的氣息。地板中央有一道樓梯，好像在說盒子確實是一棟房子，而且只能往上走。我跟她鼓起勇氣慢慢爬上樓梯。今天真是爬了不少階梯啊。

二樓也空蕩蕩的。看起來像窗戶的四角形空洞果然是窗戶，邊緣有玻璃碎片。那很危險，我當然沒有碰。

看了二樓，我心想這裡什麼都沒有。其實我很害怕，只想早點離開這裡，但這是秘密。

雖然如此，我並沒有立刻出去，因為我看見了另一道往上的樓梯。我走到樓梯口，抬頭看見天空，知道上面是屋頂。再度跟腳邊的她交換視線，決定到屋頂上去看看。

我們一步一步在滿佈灰塵的樓梯上留下腳印，我把頭探出屋頂，太陽照在臉上，微風撫慰著。

然後我和抱膝而坐、用美工刀抵著手腕的女生四目相交。

這天，我才知道打心底感到驚訝的時候，時間是會停止的。而在那個瞬間過後，時間又會突然加速。

「嗚哇啊啊啊啊啊啊啊啊啊啊啊啊啊啊啊啊啊！」

「嗚哇啊啊啊啊啊啊啊啊啊啊啊啊啊啊！」

「喵～」

這就是我跟南姐姐相遇的經過。

3

坐在靠近台階頂端的南姐姐跟我同時發出悲鳴，只有斷尾美女高高興興地爬上屋頂。

南姐姐手上的美工刀哐噹一聲掉在石頭地板上。我驚愕地輪流看著南姐姐、美工刀和南姐姐的手腕，然後又吃了一驚，因為鮮紅的血從南姐姐的手腕上滴下來。

「妳在幹什麼！快點包紮起來！」

「妳，妳是誰啊？」

「我有OK繃，先貼上然後去醫院吧！」

「喂，等一下，我沒事，妳不要鬧好嗎？」

我慌張得要命，相形之下南姐姐非常鎮定。

我稍後才知道她是高中生，怪不得。

南姐姐教我不要鬧，我照著仁美老師教我的方法設法鎮定下來。慢慢吸氣，然後呼出來，這樣進入我心裡的空氣就能擴張空隙，就像穿著寬鬆的睡衣一樣，讓心情放鬆。

嘶——呼——。嘶——呼——。嘶——呼——。

深呼吸了好幾次，心情放鬆之後，我終於成功地把手帕和ＯＫ繃遞給南姐姐。

「我自己有啦。」

南姐姐不情不願地說。她掏出自己的手帕擦拭手腕，我的手帕就放在屋頂的地上，沒人使用。

「妳腦子壞掉了嗎？」

我望向她的手腕，說出心裡想的話。

「搞不好呢。」

南姐姐撇著嘴，慢慢地好像很厭倦地回道。
「原來如此，腦子真的壞掉了就會割自己的手腕啊。那我一定沒辦法的，我怕痛。」
「我也怕啊。」
「那妳還割腕，腦子果然壞掉了。」
「煩死了，妳走開啦。」
我不理會南姐姐說的話，走上屋頂。
我和斷尾美女一起坐在南姐姐旁邊，看著她流血的手腕。南姐姐好像滿臉不高興，但我不能放著受傷的人不管，只是那好像很痛的傷口真的嚇人，看著看著，痛像是都傳染給我了一樣，我把視線轉向南姐姐的面孔。
「妳看什麼看。」
「妳的手，好像很痛。」
「小孩子快點回家去。」

「南姐姐為什麼在這裡？」

「干妳什麼事啊。妳為什麼叫我南姐姐？」

「那裡不是有名字嗎？我雖然是小學生，還是看得懂的。」

我指著南姐姐深藍色的裙子上刺繡的字。南姐姐穿的衣服叫制服，我很喜歡那種跟正方形一樣規矩的形狀，心想哪一天也要穿穿看。

但是南姐姐看著自己的裙子，不知怎地，嘆了一口氣。

「怎麼了？」

「沒什麼。沒事。」

「妳一個人嗎？」

「……一個人也無所謂吧。沒必要一定要跟別人在一起。」

「確實如此，我也這麼覺得。」

「分明是個小孩，話說得這麼了不起啊。」

「我並沒有了不起。但是跟其他小孩比起來，或許比較了不起也說不定。因為我知道書的好處。」

「……別人都很討厭妳，對不對？」

「很有可能。」

我學南姐姐的樣子坐著。南姐姐盯著斷尾美女瞧，仍舊滿臉不高興，美女也望著南姐姐，把頭歪向一邊。她一定也跟我一樣覺得不可思議，因為她不會說話，就由我代表發問。

「喏，南姐姐。」

「幹嘛？」

「為什麼要割腕啊？」

「……我為什麼一定要跟剛剛碰到的人講這種事？」

「有什麼關係，我又不會到處去說。」

滿臉不高興的南姐姐把臉轉向旁邊，我以為她不會回答，但顯然我結論下得太早。

「沒什麼，只是要鎮定下來而已。」

過了一會兒，南姐姐靜靜地回答我。

「要鎮定下來的話，就深呼吸讓心裡有空隙，或是在木頭房子裡聞著太陽的味道就好了。」

「我的方法跟妳說的那種一樣能讓人鎮定。」

「這太奇怪了。」

「……妳要試試看嗎？」

南姐姐把沾著凝固血跡的美工刀刃喀喳喀喳地推出來遞給我，我慌張地搖頭。

南姐姐把刀刃收了回去，臉上彷彿露出一絲微笑。其實我看不清楚，因為她的瀏海幾乎把眼睛都遮住了。

「要是我真的是壞人的話怎麼辦，妳這小鬼會被殺掉喔。」

「沒問題的，因為南姐姐沒有討厭的味道。」

「什麼沒問題啊。」

「因為妳沒有討厭的大人味道。」

「因為我不是大人啊。」

我還是很在意南姐姐的手腕，便鼓起勇氣伸手想摸摸看，但南姐姐把手收回去抱著膝蓋，我的手撲了個空。

「有人割腕讓自己鎮定下來，這世界我不懂的事情實在太多了。」

「分明是個小孩還這麼跩。」

「我本來不知道這裡有這種地方吔。」

「這樣啊。」

「南姐姐常常到這裡來嗎？」

我的小朋友搖著尾巴，開始在屋頂上走來走去，我站起來跟在她後面，起來走走才發現屋頂很大。

「妳幹嘛走來走去的。」

我走回到能看見南姐姐手腕上血跡的距離時，她說道。

「我也是最近才發現這裡的。」

停頓了一下，她又接著說。

「妳來這裡做什麼呢？」

我抱著小小的美女轉圈圈，懷中傳來抱怨的叫聲，我把她放下來。她好像不確定地面還存在似地遲疑了一下，然後砰地倒在南姐姐腳邊，我看著她笑起來。

「不要欺負她啊。」

「不是欺負，我在跟她玩呢。」

南姐姐好像很喜歡她的黑毛，撫摸著她的背，她發出好像很舒服的可愛叫聲。我心想，她這麼會拍馬屁，果然是個壞女孩。

「那南姐姐都做什麼呢？要是我的話，這麼寬敞的地方，我大概會跳舞吧？南姐姐也會跳嗎？」

「我才不跳舞。沒幹嘛啊，就坐著，看看天空而已。」

「還有割腕。我看見好幾條痕跡呢……真的會死掉喔。」

我這麼說。南姐姐望著自己的手腕，「呼」地吐出一口氣。我不知道這是什麼意思，也不知道是不是該繼續這個話題。

南姐姐臉上為難的表情好像想說話又好像不想，我這種小孩一定沒有這種表情吧。我想說話就說，不想說的話就不說。

我想跟馬蚤貨小姐她們提一下南姐姐這種表情，大人的事情還是得問大人。其實我還有另外一件事想說，便轉換了話題。

「喏，南姐姐。」

「幹嘛啊，煩死了。」

「我其實覺得南姐姐是在畫畫吔。」

「為什麼突然這麼說。」

我偷偷瞥向南姐姐藏在身邊的筆記本和筆。南姐姐好像知道我指的是什麼，立刻把筆記本和筆塞到屁股下面，臉上的表情像是說妳看見的是幻覺喔，沒有什麼筆記本。但我夠聰明，知道這是騙人的。

「為什麼畫畫的人都要藏起來呢。我們班上也有一個人這樣，他分明畫得非常好，但卻不希望別人知道他在畫畫。為什麼不想讓別人知道呢？」

我指著南姐姐的屁股說道。

「……」

南姐姐抬頭望著天空，沈默了一會兒。

黑色的小美女追著白粉蝶跑來跑去。

「我在寫文章。」

她又「呼」地嘆了一口氣，開口道。

「文章？是日記嗎？」

「不是……我寫故事。」

「哎！好厲害，好棒喔！」

南姐姐緊閉著眼睛，緊到我擔心她的眼珠子會被壓扁。但她聽見我打心底的讚美，露出驚訝的表情。也可能是因為我的聲音大了一點。

但是我立刻明白南姐姐驚訝的原因並不只是因為我大叫，而且她覺得很不可思議。

「妳不笑嗎？」

我不知道她這話是什麼意思。

「笑？為什麼笑？我嗎？我還沒看到有趣的笑話，當然不會笑啊。要是妳是指笑寫故事的人的話，那我一面看書一面肚子早扭曲死掉了。南姐姐看到寫故事的人會覺得有趣想笑嗎？」

我的問題讓南姐姐左右搖頭。第一次在她晃動的瀏海之間看見她的眼睛，是跟馬蚤貨小姐和阿嬤一樣，非常漂亮的眼睛。

「才不會呢！」

南姐姐停止搖頭，跟我一樣突然大叫起來。我並沒嚇到，若這種小事就嚇到的話，我早就被自己嚇死了。

「喏，讓我看妳寫的故事吧。」

這句話也讓南姐姐「咦——」地驚叫。只要有故事就想看，雖然這個道理很自然，但我知道我這種年紀的小孩通常不會這樣，所以南姐姐吃驚也不奇怪。

「剛才我已經說過，我很聰明，知道書的好處喔。」

「那又怎樣……不要。」

「為什麼？啊，難道妳待會跟別人有約？」

「並沒有。」

「那就拜託啦，讓我看嘛。我真的知道故事的好處，而且其實哪一天我也想自己寫故事。」

南姐姐聽著我的懇求，表情完全沒變，但聽到最後一句話，她緊抿的嘴唇稍微放鬆了一些。

「才剛剛碰面的小鬼怎麼這樣。」

她用手掩著嘴，「嗯！」地哼了一聲後，好像無可奈何似地說道，接著把筆記本給了我。

南姐姐一定明白吧，女生的秘密都不是簡單就能讓人知道的。

無法對任何人說的秘密，我打算用哪一天寫出來的故事，讓大家驚嘆感動。這是我第一次跟別人說，也因此得到了閱讀新故事的機會。這就叫做交易。

「啊，等一下。」

「又怎麼了。」

「我完全忘記了，我現在正在看露宿哈克的故事。」

「啊，我小時候也看過。」

「我呢，在看一個故事的時候就不看別的故事，我想完全沈浸在一個世界裡面。這是我自己訂的規矩。」

「……那就還給我吧。」

南姐姐噘起嘴，把筆記本拿了回去。

「這種感覺我瞭解啦。」

她又小小聲地說道。接著她把筆記本墊回屁股底下，好像藏在寶箱裡以免別人看見一樣。這個想像讓我越來越想看南姐姐寫的故事了。

「哈克馬上就看完了！看完以後，就看南姐姐的故事。」

「忘記了也沒關係。」

「不會忘記的。人生就跟冰箱裡的東西一樣。」

「什麼啊？」

「會忘記有討厭的青椒，但喜歡的蛋糕絕對不會忘記。」

「好跩的小鬼。」

南姐姐彷彿鬆了一口氣似地嘴角微微上揚，說道。

我完全沒有被人罵時那種討厭的感覺。在那之後，南姐姐一直叫我「小鬼」，我知道這是罵小孩的話，但南姐姐叫我小鬼，跟馬蚤貨小姐叫我妹妹，還有阿嬤叫我小奈一樣，都有非常好聞的氣味。

我覺得南姐姐把我當成朋友了。她一定跟我一樣喜歡看書吧。我想，要是全世界的人都喜歡看書，那世界可能就和平了；要是知道看書是多麼有趣的事情，就絕對不會有人想傷害別人的。

但是就因為我這麼覺得，反而更加不明白南姐姐為什麼要傷害自己的手腕。

南姐姐不想提她割腕的事，但其他的事情，比方說書本，卻能不情不願地跟我說一些。

南姐姐看過的書跟知道的故事比我多很多，但是她好像不怎麼瞭解《小王子》。我覺得阿嬤實在太厲害了，能解開高中生都不明白的問題。南姐姐說她喜歡沙漠的狐狸。

「那我下次再來。」

「不來也無所謂，隨便妳。這裡又不是我的。」

「我很期待看南姐姐的故事喔。」

「誰理妳。」

「不可以再割腕了喔。」

南姐姐沒有回答，揮著右手催趕我和斷尾美女離開。看著默默眺望夕陽西下的南姐姐，我跟朋友一起小心翼翼地走下台階。

今天起，我日常散步的地方又多了一處。

「幸～福～不會～走～過～來～所～以～要～自己～走過去～」

「喵～喵～」

我和她一起唱著歌下山。

小公園裡已經沒有小朋友了，卻有一個大人坐在完全不動的鞦韆上，神情非常悲傷。我非常在意那個人，總覺得好像在哪裡見過，但完全想不起來是誰。

但時間已經不早了，斷尾的朋友也不顧我逕自前進，我也直接回家。

今天很稀奇地媽媽比我早到家。媽媽拿起我放在桌上的教學觀摩通知單，和她的行事曆對照了一下，跟我說了非常讓人高興的好消息。

我越來越覺得必須認真地思考幸福到底是什麼？我把媽媽跟我的約定收藏在重要的心之寶箱裡，縮到柔軟的床鋪上。

從第二天開始，我面臨了非常困難的抉擇。

「人生就像剉冰。喜歡的口味有很多，卻不能全都吃掉，會吃壞肚子的。」

我必須選擇——馬蛋貨小姐、阿嬤和南姐姐——要是去找她們所有人，就會超過跟媽媽說好的回家時間，所以我最多只能去兩個地方。

這就像要在草莓口味、檸檬口味和汽水口味裡選兩種是一樣困難的問題。

「那妳幹嘛到我這裡來？」

南姐姐一臉不爽地說著，接著喝了一口寶特瓶的麥茶。

「啊，昨天妳說隨便我的。」

「去跟學校的朋友玩吧。」

「我在學校沒有朋友。」

「搞什麼，真的自己一個人啊。」

「並不是，我有朋友的。這孩子跟南姐姐。」

「不要隨便把我當成妳朋友。」

南姐姐哼了一聲，望著天空。我也學她往上看，看見鳥兒飛過，心想，要是有翅膀的話，在床上睡覺的時候一定很難受吧。

「我來找南姐姐是因為完全不了解南姐姐，想多認識她。」

「我的事妳不用知道。」
「才不是這樣。人生就跟日式早餐一樣。」
「在說什麼啊？」
「沒有不用知道的東西。」
南姐姐想了一下。
「味噌湯啊[*1]。」然後又說：「真了不起啊妳。」
「我並不了不起，也不想變得了不起，但我想變得更聰明。」
「已經一副了不起的樣子，還說不想變得了不起，真是太可笑了。」
「要是變得了不起，星期天就沒時間跟家人一起出去玩了吧？那樣的話，了不起就完全沒意義啦。」
我只這麼說道。

---

*註1：日文「知る」（知道）與「汁」（湯）同音。日式早餐一定有味噌湯。

「是在說妳爸媽嗎？」

南姐姐直接反問道。她說的話讓我吃了一驚，心想不愧是高中生。但是我非常不願意點頭承認，因此我不說話。

「變聰明也未必是好事喔。」

南姐姐抱著膝蓋說。

「才不會呢，我非常想變聰明。不聰明的話，就寫不出故事來吧？猢猻樹這種植物我是看《小王子》才第一次知道的，會說話的玫瑰花也是。」

「哪有那種玫瑰。」

「哎，那其實沒有猢猻樹囉？」

我活到現在從來沒有看過猢猻樹，於是不安了起來，但是南姐姐不愧是高中生。

「猢猻樹是真的喔，可以活到百歲以上的大樹，據說是地球上最大的樹木，也有傳說是地球上第一種樹木。猢猻樹的樹枝像樹根一樣，據說那是因為猢猻樹愛吃醋，神生氣了，所以讓它倒頭栽。」

「猢猻樹吃誰的醋？」

「比自己纖細的棕櫚樹，和會結果實的無花果樹之類的。」

我打心底嘆服。

「好獨特好棒的故事。不愧是南姐姐。」

「我只是告訴妳傳說而已，又不是自己編的。」

「雖然是這樣，但南姐姐知道這麼有趣的故事，果然比我聰明多了。我也想變聰明，知道很多有趣的故事。」

南姐姐只「哼」了一聲，好像對我跟猢猻樹都毫無興趣。

但我立刻知道南姐姐並不是真的不願意，因為我拜託南姐姐再告訴我更多有趣的傳說，她又跟我說了很多故事。

南姐姐告訴我的故事當中，我覺得最棒的是英語「玫瑰之下（sub rosa）」其實是表示「秘密」的故事。我還不會說英語，等我長大會說了之後，一定要用看看。
今天我完全沈迷在南姐姐說的故事裡，完全忘了要去阿嬤和馬蚤貨小姐那裡，就到了該回家的時間。
第二天我從早上開始，就想聽南姐姐像昨天那樣講故事，但不管多麼無聊，還是每天都得去上學。
笨蛋同學還是一樣笨蛋，隔壁的桐生同學還是偷偷摸摸地把畫藏起來。學校果然很無聊，但還是有一件好事。
午休的時候我自己一個人在圖書室，荻原同學也來了，我毫不遲疑地跟荻原同學搭話。雖然想把昨天南姐姐跟我講的故事告訴別人，但卻沒有可以訴說的對象。
荻原同學沒有注意到我坐在圖書室的角落，他正要離開的時候，我做出自己剛好也要離開的樣子追上他。
「荻原同學。」

「啊，小柳同學。妳在圖書室啊，我沒看到妳。」

「嗯，你借了什麼書？」

我指著他手上的書。他露出愉快的表情，讓我看封面。拿到新書時高興的心情我很清楚，荻原同學的表情是什麼意思我明白。

「《白象回憶錄》。我也看過。」

「嗯，這本跟《小王子》一樣，也是法國作家的作品，我早就想看看了。」

原來如此。不管是選書的方式，或是鋪陳我想聊的話題的方式，都不愧是荻原同學。

我順著他的話鋒，跟他說了昨天南姐姐告訴我的猢猻樹和玫瑰的故事，好像我早就知道了一樣。荻原同學非常捧場地露出驚訝的反應。

覺得這種話題有趣的，班上一定只有我跟荻原同學而已吧。要說為什麼的話，當然是因為我們聰明啊。

我一直說一直說都不厭倦，但是我跟荻原同學的談話卻突然結束了，班上某個我幾乎沒說過話的男同學叫住了荻原同學，他就好像忘了正在跟我說話似地轉過身去。這也是沒辦法的事，荻原同學不僅聰明，朋友也很多。

結果我沒說過癮的部分，在放學後不無聊的時間盡情發洩。我坐在藍天下的水泥地上，跟南姐姐講著今天發生的事。

「色色的吔。」

「那個男生的頭髮並沒有染色。」

「不是那個意思。」

南姐姐今天也撇著嘴，但是她並不是生氣，我慢慢開始瞭解南姐姐了。

「說到這個，我馬上就要看完《頑童歷險記》了。」

「那又怎樣？」

「然後就可以看南姐姐寫的故事了。我超級期待的。」

心情好像很差的南姐姐屁股底下總是墊著同樣顏色的筆記本，我覺得在我來之前她一定都在寫故事。

「那我下次再來。」

「隨便妳。」

南姐姐的「隨便妳」跟馬蛋貨小姐的「下次再來吧，妹妹」是一樣的。

我對著南姐姐的背影揮手。那天我接著去了阿嬤家，也跟她說了和南姐姐講的話。真是非常好的一天。

最近一上國語課我的心情就非常複雜，雖然很期待，但不知怎地，總好像要爬一道非常高的階梯一樣。那種感覺就像是奇幻世界裡勇者站在巨龍前面似地，雖然我是面對長梯或巨龍都能勇往直前的類型，但心裡還是有個縮成一團的小孩。隔壁同學就是這樣。

「喏，你現在在畫什麼？」
「哎，沒有，沒什麼……」
桐生同學這麼回答，他今天也沒說畫畫很幸福。
桐生同學跟我一組沒問題嗎？我開始對一起冒險的夥伴感到不安。
我跟旁邊的桐生同學一起吃了營養午餐，然後自己去了圖書室，放學後，又去了南姐姐那裡。我是有理由的。
「冒險夥伴越多越好啊。」
「喵～」
斷尾美女好像也很喜歡南姐姐。我們外表雖然完全不同，但對人的喜好非常合拍。
屋頂上的南姐姐看見我來了，總是冷淡地表示：「又是妳」，當然，這跟阿嬤的「妳來啦」是同樣的意思。
我在南姐姐旁邊，學她抱著膝蓋坐下。

「日安，南姐姐今天心情晴朗嗎？」

「說什麼啊。」

我非常優雅地跟南姐姐問好，她卻好像唾棄我的話般地回答。但是這騙不過我的，南姐姐只是故意裝成這樣而已。

「哪有什麼晴朗，看起來像要下雨了。」

「我看了天氣預報，說今天不會下雨的。是百分之十。也就是說，有九個人說不會下雨，只有一個人說會下雨。」

我很想聲援被九個人反對的那一個人，但這樣不行，要是下雨的話，我就不能在屋頂上跟南姐姐見面了。

「天氣預報的百分比不是這個意思啦。」

「哎，不是啊？」

「那是說像今天這樣的天氣以前也有過好多天，在那時候有哪幾天下了雨。也就是說，百分之十的意思是，比方說以前有過十天像今天這樣的天氣，其中一天下了雨。並不是只有一個人跟大家意見不一樣啦。」

不愧是南姐姐，我又在心裡感嘆。而我也因為找到了非常適合一起冒險的夥伴，感到非常高興。

「我是勇者，這孩子是妖精，南姐姐就是住在森林裡的賢者吧！」

「妳又在胡扯什麼。」

「今天我有話想問妳。」

我立刻切入重點。我是喜歡的東西會先吃掉的類型。

「故事嗎？」

「那我有興趣，但不是。我在學校有一個非常難的作業。」

「數學嗎？作業要自己解決啊，小鬼。」

「不是的，數學我會自己算，但是這個問題非常難。是國語的作業，題目是：幸福是什麼？」

「幸福……」

「對。我想問南姐姐的幸福是什麼，可以當作參考。」

南姐姐沒有立刻回答我，她摸著坐在她腿上的黑色小美女，望著有點陰暗的天空。

過了一會兒之後，南姐姐開口說話的聲音也有點陰暗。

「幸福是什麼，我才不知道呢。」

「寫故事的時候，不幸福嗎？」

「寫的時候很高興，但不知道那是不是幸福。幸福應該是更加滿足的狀態吧。就是心裡充滿了愉快的感覺。」

南姐姐教了我非常容易的思考方法來考慮什麼是幸福。立刻就能說出這種分析，不愧是高中生，我也想快點長大。

「原來如此。所以我把冰淇淋放在餅乾上吃的時候覺得很幸福。」

還有我去找馬蚤貨小姐和阿嬤的時候，她們都讓我心裡充滿了非常愉快的感覺。

我覺得天空好像放晴一樣，非常開心。

「南姐姐什麼時候心裡會充滿愉快的感覺？」

我望向南姐姐今天沒有流血的手腕，傷分明是自己割的，南姐姐卻把疤痕隱藏起來。

「沒有那種時候。」

她嘆著氣說道。

「沒有的話，是說南姐姐沒有幸福這種東西囉？」

「或許吧。」

南姐姐模仿著我模仿她的樣子。

「那看書的時候呢？吃點心的時候呢？」

「很開心，很好吃，但不知道那是不是幸福。」

南姐姐刻意裝出生硬的樣子說道。

「跟媽媽一起吃晚飯的時候呢？」

「我爸爸和媽媽都不在了。」
「不在？是住在別的地方嗎？」
我心想不愧是高中生。
「死掉了。」
南姐姐說。我吃了一驚，張開小小的嘴。
南姐姐又嘆了一口氣，用手指硬把我的嘴闔上，然後又不知道第幾次嘆了氣，別開視線不看我的眼睛。
「死掉了。很久以前。因為交通事故。」
南姐姐緊握著裙擺。
「爸媽死了很久了，我已經不哭了。但就算是妳這種小鬼，也明白我不幸福吧。」
南姐姐膝上的美女正在看我，我慌忙遮住她的小眼睛，因為南姐姐沒看著我的眼睛，所以她還沒發現。

「所以不好意思，我沒辦法幫妳做作業——。」

是我讓南姐姐沒把話說完的。她終於看向我，我的眼睛卻讓她的話停了下來。

她看著我的臉，用非常優美的動作，從口袋裡拿出一條沒有沾血的手帕遞給我，我立刻接過來用。

「……那送妳吧。」

結果這天我沒能繼續跟南姐姐聊下去。

後來我仔細看了，南姐姐給我的手帕，跟之前爸爸買給我的手帕花樣相同，搞不好這條手帕也是南姐姐的爸爸買給她的。

跟南姐姐分手後去了阿嬤家，今天阿嬤也做了點心，但是阿嬤在叫我吃點心之前，先叫了我的名字。

「小奈，怎麼啦？」

我一面喝阿嬤給我的柳橙汁，一面告訴她南姐姐的事。不對，我說的是我沒有好好聽南姐姐說重要的話。

我以為阿嬤搞不好會生我的氣，因為我是個壞孩子，但是阿嬤只給我她做好的費南雪。

「我覺得那個叫做南的孩子，應該很高興。」

阿嬤說了非常不可思議的話。

我好像腦袋要掉下來一樣用力地搖頭。

「才不是呢。」

「不對，那個孩子很高興。她一定是第一次碰到為自己哭泣的人，所以才把寶貝的手帕給妳。」

我望著又濕又皺的手帕。

「所以妳不用覺得難過，也不用跟那位南姐姐道歉。但是呢，小奈，答應阿嬤一件事。」

我直直望著阿嬤的眼睛點頭。

「下次見到那個南姐姐的時候，一定要帶著笑臉。如果小奈喜歡那個南姐姐的話。」

「我很喜歡南姐姐。」

「這樣的話，與其聽南姐姐講悲哀的過去，小奈不如用笑臉讓南姐姐留下很多愉快的回憶吧。」

「我可以嗎？」

我很難得地垂頭喪氣，阿嬤溫柔地把手放在我細瘦的肩膀上。

「人不能忘記悲哀的回憶。但是可以愉快地生活下去。小奈的笑臉有讓我跟南姐姐愉快生活下去的力量喔。」

「……是這樣嗎？」

我想起南姐姐把手帕遞給我時的表情。我閉著眼睛思考，用我這個跟周圍的孩子們比起來稍微聰明一點、但還不是大人的腦袋認真思考，然後我做了一個決定。

我睜開低垂的眼瞼，跟眼睛發亮的朋友視線相交，我把小美女從膝上抱下，站起身來。

「阿嬤，我今天先回去了。我得快點把《頑童歷險記》看完才行。」

「嗯，妳這樣決定的話就好。點心呢？」

「點心還是要吃的！」

如果太陽是點心的話，吃起來一定就跟柔軟香甜的費南雪一樣。回過神來，陰暗的天空也出太陽了。

今天回家的路上，我又在小山丘下的公園看見之前那個大人。但是，我還是想不起那個人是誰。

## 4

在那之後的幾天，我罵了笨蛋男生、給膽小的桐生同學建議、把露宿哈克的書推薦給荻原同學之後，我在每天都跟南姐姐碰面的屋頂上抬頭望天，簡直像是吃完一個大漢堡一樣，非常滿足地嘆了一口氣。

我之所以這樣做的理由，南姐姐分明很清楚，卻只是望著前方，撫摸我朋友漂亮的背。

努力思考著要如何用言語表達從心底滿溢出來的感覺，我轉向隔壁的南姐姐。

「人生就像山羊一樣。」

「又在胡說什麼。」

「看了很棒的故事後我會覺得，好像只要吃掉這本書就能活下去。」

「當然不能吧。」

「對，可是我現在好飽喔，因為我看了很棒的故事。」

我很擔心體內的興奮會爆發，於是深呼吸了一下，然後慢慢吐氣，呼叫了不肯看我的南姐姐。

「南姐姐好厲害，可以寫出這種故事。真的太厲害了！」

我打心底說出對南姐姐的尊敬。

之前提過自己的秘密——有一天我也打算要寫故事。不過我還有另外一個秘密，那就是其實我已經試寫過好多次了。

但是怎麼寫都覺得自己寫不好，完全沒法讓帥氣的湯姆和露宿哈克之類的人物出現在這個世界裡。我非常沮喪，沮喪到連阿嬤做的瑪芬都只吃得下半個，甚至覺得自己會不會就這樣瘦成皮包骨了。

因為我有這種經驗，對於南姐姐能寫出帥氣的人物和讓人驚訝的情節，都讓我覺得她比任何上電視的大人物都要厲害。

我非常想跟她請教，要如何才能寫出這樣的故事。但是南姐姐不知道為什麼突然不說話了，無論我說什麼，她都只回答：「這樣啊。」

「我想讓大家看這個故事。」

「不要。第一，根本沒有人要看。」

「太可惜了。這麼好看的故事，得讓大家都看才行。人生就像午休。」

「便當很好吃這樣嗎？」

「時間是有限的。在有限的時間中，非得接觸到最好的東西才行。我希望大家的四十五分鐘都用來看南姐姐的故事。」

「客氣話就不用了。」

我是真心的，但南姐姐卻如此回應，然後從我手中拿走筆記本。

南姐姐還是一樣，不肯讓我一直拿著筆記本。我其實很想帶回家，把故事一口氣看完，但我只有到這個屋頂上才能看，所以花了好多天。

她以為會被我的果汁或冰棒弄髒吧。其實我很愛乾淨的，不會做出這種事。

「好吧，沒關係。我是南姐姐第一個粉絲。好期待下一個故事。」

南姐姐還是不看我這裡，只揮了揮手。她抬頭望著天，好像天上會突然掉下什麼東西一樣。

「對了，妳找到幸福是什麼的答案了嗎？」她問我。

我的心裡還殘留著南姐姐故事的餘韻，但仁美老師教我人家跟你說話不能不理，還是得好好地回答她的問題。

「沒有。我想了很多，但沒有能讓大家驚訝、讓老師稱讚我的答案。其實已經沒有時間了，就算還沒想好，這次的教學觀摩也得在大家面前發表才行。」

「哎——」

南姐姐附和著我幫腔道。她的幫腔浸潤了我全身，感覺非常舒服。睡在南姐姐腿上的小美女被她摸著肚子，也好像很舒服。

「要是妳想到答案要告訴我喔。」

「那種東西怎麼可能隨便就想得到。但是，對了，最近跟這孩子玩的時候，覺得比平常幸福一點點。」

斷尾美女不曉得是否知道自己被稱讚了，舔著南姐姐的手，「喵～」地叫了一聲。

抬起眼睛看人是女人的武器，她是想當交際花嗎？我瞪了嬌小的朋友一眼。

南姐姐覺得幸福讓我很高興，我希望我喜歡的人都能幸福，討厭的人都不見。我看見南姐姐手腕上結的疤已經脫落了。

我站了起來，抬頭挺胸，好像要伸手觸摸青空一般。現在我還很矮，搆不到架子上的杯子，但我打算總有一天要長到能搆到操場上的籃球架。

小美女看見我站起來，依依不捨地從南姐姐腿上跳下來，而南姐姐還是不看我。

「南姐姐，那我下次再來。快點寫下一個故事吧，我好期待。」

「隨便妳。」

「對了！雖然我還不知道幸福是什麼，但我看了南姐姐的故事，覺得很幸福喔。」

我以為南姐姐會一言不發地揮手趕我走，但她卻沒有。

非常小聲，比我這個小孩還小得多的聲音，像風一樣傳進了我的耳邊。

「謝謝。」

離開南姐姐那裡舒服的屋頂之後，我去了許久不見的馬蛋貨小姐家。說是許久不見，也只是幾天沒去而已，但是那幾天對我和馬蛋貨小姐來說，是平常一定會見面的日子。

馬蚤貨小姐果然也跟我有同感。她在河邊那棟像蛋糕的乳白色公寓裡，跟平常一樣喝著咖啡歡迎我。

「好久不見了，妹妹。妳好嗎？」

「嗯，雖然也有沮喪的時候，但我很好。」

「這樣啊。妹妹是琪琪，這孩子是吉吉。」

「很可惜，我不會使用魔法，所以應該是查理和史奴比吧。雖然女生跟男生，貓跟狗不一樣就是了。」

「總有一天會用魔法的。進來吧。今天剛好有蛋糕，而且還有牛奶。」

「我不客氣了！」

我在馬蚤貨小姐家吃蛋糕，跟她說了這幾天為什麼沒有來找她，然後問了馬蚤貨小姐關於南姐姐的事。

「南姐姐的腦子沒有壞掉，因為她會寫好好看的故事。但是她腦子沒有壞掉，卻傷害自己的身體，真是太奇怪了。馬蚤貨小姐知道南姐姐為什麼要做那種事嗎？」
馬蛋貨小姐吃掉最後一口蛋糕，眉毛與眉毛之間用力皺了起來。她的眉毛跟我的不一樣，是好像會發出唰地一聲那樣漂亮的形狀。
「嗯——，有時候會看到那樣的人。但理由要問本人吧。是想看到血？還是好奇？還是想要鎮定下來？」
「南姐姐說是要鎮定下來。」
「嗯，那妹妹覺得是這樣嗎？」
「完全不。我試著捏自己的手腕，只覺得好痛然後就紅腫起來了。」
「是吧？結果只有那麼做的人自己才知道原因，但是我覺得不明白也沒關係。特別是妹妹妳，妳看見那孩子的傷勢，想叫她不要傷害自己，對吧？」
「對。我不喜歡朋友難過。」
「沒錯。要是妹妹知道了為什麼要傷害自己的理由，哪一天也開始做那種事，我也會想阻止妳，所以我覺得妳不用明白。之前我也說過，只喜歡甜甜的布丁也是好事。」

「但是，但是呢，馬蚤貨小姐，我想知道南姐姐的心情啊。」

「嗯，我想也是。」

馬蚤貨小姐跟仁美老師一樣豎起一根手指。

「妹妹，比方說，妳現在知道我腦子裡在想哪個數字嗎？」

突然出現這麼奇怪的問題。我直直地望著馬蚤貨小姐的眼睛，想看看能不能看見她腦子裡在想什麼。但是我還不會魔法，怎樣都沒辦法看透馬蚤貨小姐的腦子。

「呃，八？」

「不對，答案是二十四。看吧，誰都不能像會魔法一樣知道別人在想什麼，所以人才需要思考的能力。妹妹想明白朋友的心情，但是不知道她為什麼要割腕，所以就得思考一下，那個孩子在想什麼，然後慢慢去瞭解就好了。明白嗎？」
「嗯，非常明白。」
「妹妹果然很聰明。」
馬蚤貨小姐好像是在稱讚我，但我覺得不是。
真正聰明的，是立刻就能用簡單明瞭的回答讓我明白的馬蚤貨小姐。
我仔細看著馬蚤貨小姐緩慢的動作，喝著熱咖啡，漂亮又聰明的馬蚤貨小姐，果然是我以後想當的大人。
若還能跟南姐姐一樣寫故事，跟阿嬤一樣做點心的話，我就會成為完美的大人了吧。要是還能使用魔法的話，就更沒話說了。
聰明又漂亮的馬蚤貨小姐，今天黑白棋還是贏了我。
「教學觀摩加油喔。」
回家的時候，馬蚤貨小姐對我這麼說。
「當然。我會讓大家看我有多聰明。」

我答應了她，然後在夕陽下踏上回家的路。

我跟喝了牛奶心情大好的小美女沿著河邊的堤防往前走，跟夕陽討論馬上就要到來的幸福發表會。馬蚤貨小姐說的思考能力，搞不好會是非常有用的提示也說不定。

就在快要走到下堤防的階梯處時，我一心只想著前進，沒有立刻注意到他迎面走來。

「啊，桐生同學，你好。」

我出聲打招呼。

「小，小柳同學。」

桐生同學小聲回道，然後躲到與他同行的大人背後，跟我同行的斷尾美女也躲到我背後。大家都這麼怕生太有趣了，我嘻嘻地笑起來。

我一面笑著，一面注意到另外一件讓人高興的事。在此之前我一直介意的一件事終於有了答案。

「妳好。」

跟桐生同學在一起的男人用溫和的聲音跟我打招呼。

他就是我在小山丘下的公園見過好幾次的男人。原來我一直想不起來在哪裡見過的人，是桐生同學的爸爸。運動會的時候見過他一次，因為只見過一次所以才想不起來吧。我好像喉嚨裡哽著的東西終於去掉了一樣，感覺非常舒服。

「您好！」

我精神百倍地跟桐生爸爸問好。桐生同學還躲在爸爸背後，真希望他不要這樣，好像我在欺侮他似地。

桐生爸爸今天沒有我之前見到的那麼沮喪。他也跟我一樣，雖然遭遇了很多事，但今天已經好起來了吧。這真是太好了。

我和桐生爸爸閒聊家常。

「那就教學觀摩的時候見了。」

我和桐生父子道別。桐生同學除了最後的「再，再見。」之外，什麼都沒有說。

「那個孩子雖然這樣，但他非常會畫畫喔。」

我開心地告訴跟在身後的小朋友，她好像半信半疑般地把頭歪到一邊，「喵～」地叫了一聲。她可能只是對男生沒有興趣而已。

跟朋友分手回到家，媽媽已經回來，連晚飯都做好了，而且全部都是我喜歡的菜，我還以為是不是記錯自己生日了呢。

媽媽做的菜很好吃，但她很忙，常常買附近超市的現成熟食回來，不過還是她親自做的最好吃。

我吃著最喜歡的媽媽所做的最喜愛的菜。

但是吃到一半覺得有點奇怪，心想「咦？」媽媽自己不吃，只看著我吃，我有這麼貪吃嗎？總覺得很丟臉，但看來好像不是這樣。

我望著媽媽，她臉色非常嚴肅地叫了我的名字，這讓我有非常不好的預感。

大人，對，小孩不會這樣，只有大人。當大人擺出這麼認真的表情時，不知怎麼，就一定會說非常討厭的話。

這跟我喜歡的仁美老師認真的表情不一樣。可怕的老師抓打破窗戶的犯人時也是這種表情；爸爸忘記我生日，忘記買禮物時也是這種表情；有時候為了讓對方驚喜，在好事發生之前也會擺出這種表情，不過非常少有。

但我還是覺得，這要是媽媽為了給我驚喜的演技那就太棒了。

「對不起。」

媽媽開口說，我立刻明白不是這麼回事。

媽媽解釋，教學觀摩那天跟爸爸都要到很遠的地方出差，沒有辦法參加，雖然他們非常想去也非常期待，卻很遺憾不能去了。

聽完媽媽說的話，我真的有一秒鐘覺得房間裡一片黑暗，心情也隨著黑暗沈到谷底。就算嘴噘起來，還是可以吃漢堡，但是我沒有吃。

一秒之間變暗的感覺，加上在此之前萬分期待的心情，讓我的心像是壓縮的彈簧一樣爆發了。

「妳不是說要來的嘛！」

媽媽知道我的聲音很大吧，但是她還是一臉驚訝，因為我已經很久沒有對媽媽發脾氣了。

雖然已經很久沒有，但其實我有一直想說的話。

「每次都這樣！媽媽每次都說話不算話！爸爸也是！」

「真的對不起。但是沒辦法啊。」

「為什麼每次都是工作優先！為什麼！」

媽媽試著跟我說明，為什麼工作很重要，說得很簡單明瞭讓我也能明白，但我並不是想聽媽媽解釋。

我心想，媽媽根本不了解我。這也沒辦法，但是竟然連跟馬蚤貨小姐所說的思考都不肯試一下。

因此，我說了絕對不能說的話，聰明的我知道不該說的話。

「這樣的話，我不要生在爸爸媽媽都成天工作的家裡就好了！」

我立刻知道媽媽受傷了。但是我真的忍不住，我想媽媽也是吧。

「這有什麼辦法！」

我聽見媽媽怒道。我決定什麼也不吃了，回到自己房間躲進被窩裡。即使晚飯只吃到一半，但我一點也不餓。

雖然我說了人生就跟山羊一樣，但搞不好其實是跟外星人一樣。第一次發現人不止會因為看書和高興覺得飽，悲傷和失望的時候也會覺得飽。

但是肚子還是餓了。半夜爸爸媽媽都睡著的時候，我溜到廚房吃了麵包。

第二天早上，媽媽準備的早飯我一口都沒有吃。

# 5

我不想回家，放學後就跟斷尾美女會合，背著書包直接到馬蛋貨小姐那裡去。沿著河邊的堤防前進，走向四角形蛋糕般的乳白色公寓。我並沒像往常一樣跟她一起邊走邊唱歌。

爬上公寓樓梯，來到二樓最末端的房間，站在門口按門鈴。我聽見鈴聲在屋子裡響起，但除此之外沒有別的動靜。

按了好多次門鈴，馬蛋貨小姐都沒有應門。看來她今天不在家，沒辦法，大人都很忙。

我們往回走到半途的小山丘。小山丘下，桐生同學的父親常去的公園旁，有左右兩條上坡路。今天我選擇了右邊那條往阿嬤家的路。因為我昨天才去找過南姐姐，所以今天先去找阿嬤好了。

毛皮光滑的小美女和我一起揮汗往上爬。跟朋友見面聊天的話，我的心情可能會好一點也說不定。我真希望能這樣。

雖然如此，阿嬤家並沒有讓我心情好起來。大屋的大木門，不管怎麼敲都沒人回應。

我嘆了一口氣，低頭望著小朋友。

「大人都拋下我不管了。」

「喵～」

這樣的話，就只能去找我認識的大人裡，年紀跟我最接近的南姐姐了。

走下小山丘，這次爬上左邊的階梯，黑色的小美女跟平常一樣，輕輕鬆鬆地往上跳。

但是不管經過多久，我的身體還是好像塞了一個又一個的鐵球一樣，越來越沈重。

我跟平常一樣推開鐵門，繼續往上爬到空地處，冰冷的石頭箱子彷彿被人棄置般仍在那裡。

走進箱子裡，爬上屋頂，南姐姐正在等我。

我一言不發地在南姐姐身邊坐下，而斷尾美女固定的位置是南姐姐的腿上。

然後我終於注意到南姐姐的樣子跟平常不一樣。

我伸手輕輕用手指撥開南姐姐的瀏海，她的眼睛是閉著的。

「南姐姐。」

我呼喚她。南姐姐的眼睛像打開蛋糕盒一樣睜開了。

「喔。」

她用一隻眼睛望著我回道。

「您好。」我打了招呼，接著又說：「這裡好像很適合睡午覺。」

「……又做了，相同的夢。」

「相同的，是怎樣的夢？」

「小時候的夢，常常做。學校開心嗎？」

「完全不開心。」

「應該也是，完全不像開心的表情。」

南姐姐做出不看這裡的樣子，但其實好像在從長長的瀏海後面偷瞥我。

我不想講我不開心的事，因此改變了話題。要是聊喜歡的話題，我臉上被南姐姐看出心情不好的表情也會變得明朗起來，就像南姐姐手腕上的傷疤慢慢褪去一樣，我身體裡的鐵塊也會慢慢消失吧。

「我思考過了。」

「為什麼小學一點都不開心嗎？本來就不是開心的地方啊。」

「妳說的沒錯，但我思考的不是這個。我想的是南姐姐的故事應該要讓出書的公司看吔。」

南姐姐非常稀奇地望著我，露出驚訝的表情。

「幹嘛突然說這個。」

「南姐姐的故事沒辦法讓很多人看到，因為故事寫在寶貝的筆記本上，不到這裡來就看不到。所以，把故事印成書就好啦。這樣一來，圖書館就會有南姐姐的書，我也能跟馬蚤貨小姐和阿嬤推薦了。」

「那個馬蚤貨是什麼人啊。」

「我的朋友。」

「妳的朋友還真奇怪。」

「她才不奇怪，是非常厲害的人喔。她的工作是販賣季節，很厲害吧？」

南姐姐的嘴角不可思議地扭曲了起來。

「妳還真喜歡跟各種怪人來往。」她說。

「或許吧。」

我模仿著南姐姐模仿我的樣子。

「南姐姐的工作也很厲害啊。出書的公司要是看了南姐姐的故事，一定不會放南姐姐走的，這樣南姐姐就可以每天寫故事了。在全世界人的心裡一直創造別的世界，就像馬克吐溫和聖．修伯里一樣。」

「妳啊，小鬼說得容易。」

「而且故事在家也可以寫。可以有家庭，也能生小孩，可以一起玩，一起去旅行，也能去教學觀摩，不會讓小孩覺得寂寞。」

我的心碎成片片掉落下來，南姐姐用溫柔的嘆息將之一掃而空。

「話說得容易，小鬼。」

「嗯，寫出很棒的故事是很難啊。所以南姐姐能寫這麼棒的故事，應該讓更多人知道。」

南姐姐嘆了比剛才更大的一口氣，但她的情緒並不是針對我。

「聽好了，我寫的故事完全沒有什麼了不起，我只是喜歡寫文章而已。這世界上比我有才能的人太多了，這種事一下子就明白的。我這種人寫的故事完全沒意思。」

南姐姐用好像生氣又好像悲傷的聲音說。
「我這種人……才當不成作家呢。」
南姐姐再次咬牙切齒地強調。
我以小孩的方式解釋了南姐姐的話，然後我想了一想，把頭歪到一邊。
「南姐姐說的話很奇怪。」
「什麼啊？」
「南姐姐已經是作家了啊。」
這次輪到南姐姐把頭歪向一邊。我不懂南姐姐為什麼不明白。
「因為，所謂的作家，就是在看故事的人心裡創造出新世界的人，不是嗎？這樣的話，雖然我還不是作家，但南姐姐已經是作家了。因為妳已經在我心裡創造出一個美麗的世界。」
當然，工作指的是賺錢，叫做作家的人賣書賺錢，我雖然是小孩也明白這一點。但我真的覺得作家這個詞並不是職業的名稱，寫故事跟賣書賺錢，對我來說是完全沒有關係的兩回事。

我認為，作家不是賣書的人，而是描述故事，在別人心裡創造世界的偉大人物。南姐姐就是其中之一，所以我覺得南姐姐說的話很奇怪。

南姐姐好像也明白了。驚訝的南姐姐反覆深呼吸了好幾次，然後微微笑起來。

「這樣啊。」

「對喔。所以我們就把南姐姐的故事做成書，讓更多人看到吧。」

南姐姐沒有回答，只帶著溫柔的笑容，望著前方。我心想，南姐姐採納了我的意見，覺得很高興。我也學她的樣子，望著前方的天空。

但是我高興的心情並沒有持續多久。

「幸福是什麼？」

就在我覺得好像要被吸入前方的天空時，南姐姐突然問道。

「幸福是什麼，妳找到答案了嗎？」

她的問題讓我想起了想要忘記的事情，我低頭望著水泥地面。

「那已經無所謂了。」

「找到答案了嗎？」

「沒有，但是已經無所謂了。」

「什麼啊。哎——喲——，難得人家找到答案了的說。」

南姐姐的話讓我吃了一驚。雖然我覺得已經無所謂了，也這麼說了，但我還是非常想知道南姐姐找到的答案。

「是什麼？告訴我吧。」

「不是已經無所謂了嗎？」

「嗯，無所謂了，但是我想知道南姐姐的答案。」

南姐姐得意地從瀏海後面直直望著我的眼睛。但講重要的事情時果然還是不看我，只望著前面的天空。

「讓自己在這裡被認可。」

她咕噥著說道。南姐姐的回答讓我把頭歪到一邊。

「這裡，屋頂上嗎？讓這棟房子的主人認可嗎？」

「或許吧。」

南姐姐模仿著模仿南姐姐的我的樣子的南姐姐的樣子的我。

南姐姐對於幸福的答案我還不明白。幸福到底是什麼，果然還是得自己去尋找才行。

接著，我跟南姐姐聊著剛開始看的那本書。轉眼天色轉紅了，風也變冷了，不知何時遠處傳來鐘聲。

「喂，該回家了，小鬼。」

南姐姐雖然這麼說，我卻不想站起來叫喊四隻腳的小朋友。

「不回去沒關係嗎？」

「我不想回去。」

「不要讓爸媽擔心。」

「無所謂的。」

「妳惹他們生氣了嗎？」

「我沒惹他們生氣，是我們吵架了。」

南姐姐笑著轉過頭來看著我。我心想這有什麼好笑的，她這樣有點沒禮貌吔。

「聽好了，小鬼，妳現在回家，媽媽還是會跟平常一樣準備好晚飯。跟平常一樣好吃的晚飯。妳吃飯的時候只要說一句：昨天對不起。」

「不要。」

「倔強的小鬼。」

「因為不是我不好，是他們不好。」

「反正吵架一定是因為無聊的小事。」

南姐姐的話讓我有點不高興。

「才不無聊呢。爸爸跟媽媽總是說要工作，跟我約好了卻說話不算話。」

「工作比妳想的還重要很多。」

「我知道啊。對啦，工作比小孩重要得多啦。」

「才不是呢。」

「那為什麼分明跟我約好了，還是要去工作？這次也是。因為要出差，就不能去教學觀摩了。」

「哎。」

我話說完的同時，南姐姐也好像有話要說。

這時，一陣強風從正面吹來，風來得突然，我閉上了眼睛。等風終於不再搞亂我的長髮，我慢慢睜開眼睛，再度望向南姐姐。

只有幾秒鐘，強風奪去的只有幾秒鐘的時間，但在這短短的時間內發生了什麼事，我一時無法明白過來。

「南，姐姐？」

她簡直像碰一下就會縮起來的含羞草一樣。

剛才南姐姐臉上跟嘴角的笑容完全消失了，她毫無預警的變化讓我吃了一驚。

「怎麼啦？」

我問道。但南姐姐沒有回答，只是無言地拼命搖頭。

她是想說什麼事也沒有吧。但連我這小孩也知道絕對不是什麼事也沒有。

「喏，南姐姐？」

「喂——，奈乃花。」

南姐姐用顫抖的聲音叫著我的名字。

這是南姐姐第一次用小鬼以外的稱呼叫我，我覺得好奇怪，不明白她為什麼要叫我的名字，為什麼發抖。所以我又問了一次。

「怎麼啦？」

「奈乃花…………答應我，一件事。」

南姐姐不理會我的問題，然後突然正面轉向我，抓住我的肩膀。正面看見南姐姐瀏海後的眼睛，是我從沒見過的顏色。

「答，答應？」

「答應我，不，算我拜託妳。聽我說。」

「南姐姐為什麼突然這樣？」

「聽我說。只有一件事，妳現在回家以後，一定要跟爸媽和好。」

不知道南姐姐為什麼要這樣拜託我，我不由得搖頭。

「聽著，我明白妳的感覺。妳很寂寞，很不甘心，所以妳一定說了難聽的話吧。逞強不肯認輸，這我很清楚。但是妳今天還是要道歉，說對不起。」南姐姐繼續說道。

「不，不要。那根本……」

「不然妳會後悔一輩子喔！」

南姐姐像強風一樣的大喊讓我顫抖。我發著抖，望著南姐姐的臉。

南姐姐生氣了。而且不知道為什麼，我覺得這次的怒氣是衝著我來的。

我是小孩，根本不知道到底是怎麼回事。

「會後悔的。會一直，後悔。那個時候，為什麼不道歉。已經不能吵架了。已經不能讓他們生氣了。已經不能，一起吃晚飯了。」

南姐姐不理會我，繼續說著我完全不明白的話。

「南姐姐……妳在說什麼啊？」

「我已經，不能道歉了。所以，拜託妳。」

南姐姐的眼睛流出一道水跡。以我的經驗，沒有比大人的眼淚更能嚇壞小孩了。

南姐姐發現自己在哭，想要掩飾吧，她急忙用袖子擦拭眼睛。

「聽好了，人生就是自己寫的故事。」

南姐姐模仿我的口頭禪。

即便如此，我沒法立刻會意，只能像她問我時那樣歪著頭。

「那是什麼意思？」

「依照自己的意思推敲增減，最後寫成圓滿結局。聽好了，並不是說不能吵架，但是吵架跟和好是成套的。那個時候我不明白，但是，妳很聰明，一定能明白的。媽媽知道自己不能去教學觀摩的時候，一定跟妳一樣難過，不能跟妳一起玩，他們也很寂寞的。為了讓妳吃到妳喜歡的食物努力工作，然後每天晚上媽媽一定要跟妳一起吃晚飯的含意、爸爸在妳生日時一定會買妳想要的禮物的理由，妳一定明白的。」

「…………」

被南姐姐一說，我想起了完全吻合的回憶——

分明工作還沒結束，卻回家跟我一起吃晚飯，然後又趕回去工作的媽媽；我說想要的玩偶附近的店沒有在賣，特別跑到很遠的地方去買的爸爸。

今天早上我還在生氣，一句話都沒說，也沒有吃準備好的早飯，離家時，媽媽還是在我背後說：「路上小心。」

我想起來了。

「我不希望妳跟我一樣，吵了架沒有和好，就這樣再也見不到面了。」

聽了這句話我終於明白了，為什麼南姐姐是大人還是哭了。

「所以答應我，就算今天辦不到也沒關係，明天也可以。但是，絕對要和好。時間是不能倒流的。」

南姐姐撩起瀏海，直視我的眼睛。我第一次看見南姐姐清新的面孔，跟馬蚤貨小姐一樣清澈，跟阿嬤一樣溫柔，非常漂亮。

我不是不顧朋友拜託的小孩。雖然如此，也不是能把昨天的事情立刻忘掉的愚笨小孩。

所以我思考了一下，努力努力地思考了，用力轉著我小小的腦筋，想了很多。怎樣才是正確的？怎樣才是聰明的？怎樣才是善良的？

想過了之後，我看著南姐姐的臉點點頭。

「知道了，我答應妳。」

我的話讓南姐姐眼睛裡最後一顆淚珠滴落下來。

「謝謝。」

「但是南姐姐，妳也要答應我。」

這次輪到南姐姐露出不可思議的表情。

「要出書嗎？」

「對，那也是，但是不止這個。南姐姐不知道幸福是什麼吧。但是之前說過妳不幸福，我不喜歡我的朋友不幸福。所以拜託，南姐姐，重新寫過吧。」

我的請求讓南姐姐吃了一驚，然後她立刻微微笑起來，慢慢地點頭。

「我答應妳。嗯，我答應妳。」

我們倆用短短的小指打了勾勾。

金色眼睛的小朋友抬頭望著我們。她一定不知道發生了什麼事吧。其實我也不明白南姐姐為什麼這麼關心我和媽媽，但是我很明白我為什麼一定要跟媽媽和好。

「那就下次見。」

我和小朋友離開屋頂時，南姐姐望著這邊說道。

她平常總是揮手趕我走，今天她轉頭望著我，讓我很高興，我對著南姐姐微笑。今天我和南姐姐變成比以前要好很多很多的朋友了，真開心。

我稍微加快腳步走回家，看見大樓下停著一輛藍色的車，知道媽媽已經回來了。

我和小朋友分手，深呼吸了一下。

我搭電梯到十一樓，經過走廊站在門口，再深呼吸一次。我要在心裡做出空隙，把悲傷、寂寞、後悔這些壞傢伙都推到角落去，然後在空隙裡塞滿快樂的事情。我這麼告訴自己，也一直回想起南姐姐的臉。

下定決心後，吸了好幾口氣存在胸口，然後我用鑰匙打開門，打算把吸進去的氣全部吐出來。我天生的大嗓門在家中響起。

「我回來了！」

吃完營養午餐，午休。掃除時間結束後，平常笨蛋男生們吵得要死的教室裡，出現了很多大人，他們的聲音變得跟螞蟻一樣小。

今天是教學觀摩的日子。我知道這是特別的日子，但真的大家都來的時候，比我想像中還要讓人坐立不安。

在開始上課之前，我不知道要做什麼才好，就趴在桌子上。桐生同學以為我不舒服，很難得地主動跟我說話。

「小，小柳同學，妳沒事吧？」

「嗯，我沒事。謝謝你關心。」

「小柳同學是爸爸還是媽媽要來？」
真是的，桐生同學難得主動開口，就說不出一句好話來。
「都不能來，他們工作很忙。」
「這，這樣啊。」
「桐生同學的爸爸要來嗎？」
「不，我爸爸要上班，所以是媽媽來。在堤防上碰到的那天，爸爸休假。」
桐生同學比平常多話，是因為他媽媽要來很高興嗎？我心想真好啊。真令人不甘心，所以我不想再講下去了。
我想知道桐生爸爸是不是做跟公園有關的工作，但是沒法開口問。
終於開始上課了。仁美老師跟我們問好，班上大家的回禮比平常大聲。想在爸爸媽媽面前表現的心情太明顯了啦。
「大家今天精神比較好呢。」

仁美老師說。我心想，仁美老師果然搞不清楚狀況。

今天的課堂內容，是讓我們發表到目前為止想到的幸福是什麼。從坐在最前面的同學開始，按照順序站起來說出自己的想法。

我和桐生同學都坐在後面，發表順序也比較後面。後面的位子可以清楚地聽到大人們竊竊私語。仁美老師為什麼不叫他們不要講話啊。

我心想，搞不好能從別人的答案中獲得什麼靈感，因此默默地聽著大家的發表。果然沒這種好事。大家說的都是點心、玩耍之類的，我之前早就想過但全部捨棄的答案。只有一個人提到書本，真不愧是荻原同學。

發表的順序漸漸逼近，終於輪到了隔壁的桐生同學。

桐生同學會提畫畫嗎？我竟然抱著一點期待，真是傻瓜。桐生同學畏畏縮縮地站起來，拿起寫好的作文，唸出的無聊內容跟前面第三個同學發表過的一模一樣。

「膽小鬼。」

我不知道坐下的桐生同學有沒有聽到我說的話，但是他一如以往沒有回答。

接著輪到我了。我慢慢站起來，拿起老師說要把今天發表的內容寫下來的作文用紙，仔細地看著，以防念錯了。

我的作文第一行是這麼寫的——

我還不知道幸福是什麼。

我並不是因為爸爸媽媽不來就偷懶，我用我的小腦袋仔細思考過了。思考著南姐姐的答案，回想起她哭了，但是我心裡還是沒辦法找到滿意的答案。

說謊是不行的！所以我想了又想，才決定這樣發表。

看著仁美老師的笑臉，看著低著頭的桐生同學，看著望向這邊的荻原同學，當我把作文舉到胸前朗讀，或者該說打算朗讀的時候，外面傳來有人在走廊上奔跑的聲音——啪噠啪噠啪噠啪噠——那不是我們穿的便鞋的聲音。

真是的，大人忘記不能在走廊上奔跑了嗎？我不理會啪噠啪噠的聲音，打算開始朗讀。但是無法。啪噠啪噠聲在我們教室的門口停下，而且還打開了教室的後門。

誰啊，干擾我朗讀。就在我這麼想的時候——

「剛好趕上了。」

仁美老師非但沒有指責在走廊上奔跑的大人，反而帶著笑容說道。

剛好趕上什麼？我把頭傾向一邊，仁美老師朝著教室後方的燦爛笑臉，不知怎地現在正對著我。

我不由得回頭望去，不小心回頭了。

然後我帶著跟仁美老師一樣的表情，開始朗讀作文。

「我的幸福，就是現在爸爸和媽媽都在這裡！」

我沒有遵守和馬蛋貨小姐的約定。我說要讓爸爸媽媽看我有多聰明，結果我只能跟笨蛋小孩，一樣說出當下心裡所想的話。

但是這句話完全不是假話。我沒有準備好接下來要說什麼，於是我的發表變成全班最短的一個。雖然如此，仁美老師仍舊帶著燦爛的笑臉拍手。

「我非常想去，就跟妳爸爸說了，並努力在中午之前把工作結束。」

那天晚上，我們暌違已久地一家三口一起吃了晚餐，他們雖然說要去哪裡的餐廳，但我說想吃媽媽做的菜，媽媽笑著答應了我的任性。

大口吃著非常好吃的可樂餅，心想得跟南姐姐道謝才行。

我內心深處決定明天放學之後，就立刻跟小朋友一起去屋頂上。

第二天，放學之後我立刻跟黑色小美女會合，走向小山丘。

平常我都像看餐廳菜單一樣猶豫著要去哪裡，今天則是一大早就決定好要去找南姐姐。

山丘下的小公園，總是有很多比我小的孩子在跑來跑去。平常我可能會羨慕跟媽媽一起來公園的小孩，但今天沒有，我已經知道媽媽心裡總是想著我。

右邊的坡道和左邊的階梯，我選擇了左邊。在往上爬之前額頭就已出汗，但那並不是因為心情大好的太陽公公所致。我非常期待見到南姐姐。

一步一步爬上台階的時候，很難得地有人跟我擦身而過。難道是那棟建築的主人嗎？這樣的話，我常去打攪，得跟人家道謝才行，但搞不好人家會因為我擅自闖入生我的氣。

「您好。」

我對著穿著西裝的叔叔說道。

「妳好啊。」

叔叔吃了一驚，也溫和地回道。

大人為什麼總是教小孩要有禮貌地打招呼，但當小孩禮貌地打招呼時，幾乎所有大人都會露出奇怪的表情。

走了一會兒，鐵門出現在眼前。通常門都是開著的，但有時可能有人來察看，會把門關上。

今天門是關著的，然後我第一次見到眼前的景象，鐵門裡面應該還有長長的階梯，但今天兩個大人擋在階梯上，兩人的前面攔著黃黑條紋的帶子。

這是怎麼回事？我不明白的事情就直接問大人。

「不好意思打斷妳散步啦。小朋友，妳不能再往上走了。」

一位看起來比我爸爸年紀大的伯伯說道。

「是嗎？為什麼？」

「上面在進行工程，很危險的，所以不能上去了。」

我把頭歪向一邊。

「工程？什麼工程？」

「上面的建築物很舊了，有崩塌的危險，所以要拆除了。」

上面只有一棟很舊的建築。

「不，不行！」

我不由得大聲地說，大人們都滿臉驚訝。

「難道是妹妹的秘密基地嗎？但是那裡真的很危險，在那裡玩的話，搞不好會被壓扁的。」

秘密基地。這個詞非常適合用來形容我跟南姐姐在那裡的氣氛。知道了這個詞，又知道那裡要被拆除讓我更加遺憾。

我不想看見南姐姐難過的表情。

「喏，今天有高中女生來過嗎？」

「高中生？沒有吔，沒看見。喂，你看見了嗎？」

伯伯問旁邊年輕的男人，他搖頭。

「妳們約好見面嗎？」

「嗯，對。那個工程是房子的主人決定的嗎？」

「嗯？對，沒錯。」

這樣的話就沒辦法了，我心想。是要好好珍惜還是要拆掉，都由主人決定，我雖然是小孩，也還明白這一點。

要是能夠的話，希望主人能珍惜，但我們在那裡隨意進出，大人不會聽我們的意見吧。

我覺得非常非常可惜，不得不放棄那棟建築和屋頂了。

「我想拜託您一件事。」

我請溫和笑容的伯伯幫我傳話。

「什麼事？」

「要是有一位姓南的高中女生來的話，請跟她說我在另一條坡道盡頭的大房子那裡。」

「好，我會幫妳告訴她。」

我跟伯伯勾了小指，然後跟斷尾美女一起走下階梯，改去阿嬤家。

那天，我在阿嬤家吃點心等南姐姐，但到了回家時間，南姐姐仍舊沒有來。第二天，再下一天，南姐姐也都沒有來。我跟阿嬤說，要是南姐姐來了要告訴我，但我不在的時候，南姐姐也沒有去。

過了一陣子，我去了跟南姐姐碰面的那塊空地，那裡已經沒有房子了，我覺得非常寂寞，好像喝了沒有玉米的玉米濃湯一樣。

在那之後，就再也沒有見過南姐姐了。

關於南姐姐有好幾件奇怪的事——

第一，雖然我們住在同一個城鎮，卻從來沒在街上碰到過，連跟南姐姐穿著同樣制服的高中女生都沒見過半個。

第二，南姐姐給我的寶貝手帕，我分明好好收在抽屜裡，卻不見了，怎麼找都找不到，我覺得遺憾到連可惜這兩個字都沒法形容的地步。

最後，也是最奇怪的，我怎麼都想不起來南姐姐寫了怎樣的故事。內容分明是那麼感動、分明像是發現了新世界、分明那麼滿足，但不管怎麼回想，就是完全想不起故事的內容。

奇怪的事情本身就是很棒的故事。我看了很多書，明白這一點，但不可思議的南姐姐還是讓我想破了腦袋。

我就這樣和南姐姐分開了。

## 6

過了不久，真正的夏天來臨。

氣溫越來越高，我和馬蚤貨小姐一起吃冰棒，吹電風扇。

「真奇怪，冰棒吹電風扇的冷風，卻溶得更快了。」

「冰棒吹到的風是熱風呢。」

「分明這麼涼快，怎麼會是熱風呢？」

「對妹妹來說很涼快，但是比起冰棒還是熱的吧？」

我又覺得眼前一亮，恍然大悟，馬蚤貨小姐果然比我聰明太多太多了。

但是就連馬蚤貨小姐好像也不明白南姐姐失蹤的秘密，所以我覺得南姐姐很不可思議。

「人生就像是西瓜。」

「這什麼意思？」

「大部分都可以咬著吃掉，但到了嘴裡，還是有沒辦法大口吃下去的部分。」

「啊哈哈哈，沒錯。但是就算不吃下去，埋進土裡或許會發芽也說不定。」

「好棒。」

「喏，妹妹，吃飽了嗎？」

「完全沒有。仁美老師說夏天到了會沒有食慾，這也很奇怪。我覺得天氣熱的時候消耗很多力氣，得多吃點補充元氣才行。」

「那就麻煩妹妹替我買東西了。妳能去超市買切好的西瓜嗎？」

「我可以去！」

我幹勁十足地接過馬蚤貨小姐給的錢，穿上黃色的襪子。馬蚤貨小姐要化妝準備上班，所以留在家裡。

我喜歡冰棒，但也很喜歡西瓜，我的朋友喜歡的東西和我一樣，讓我很高興。

我在出去曬太陽之前，先喝麥茶補充體內的水分。

「搞不好是幽靈。」

馬蚤貨小姐邊在臉上塗乳霜邊說道。

「什麼？」

「妳的南姐姐。」

我從來沒想過南姐姐會是幽靈，試著回想南姐姐的臉。

「但是南姐姐不是透明的，也有腳。比起幽靈她更像龍貓吧。」

「啊哈哈哈，這樣啊。那在妹妹還沒長大之前，一定還有機會可以再見面吧。」

我心想搞不好是這樣，也非常期待再看到南姐姐的日子。

「我馬上就回——來——！」

穿上鞋子，把錢放進口袋後，我跟在樹蔭下打滾的小美女一起去附近的超市。

外面熱得要命，不止太陽公公很熱，地面和牆壁也都冒出熱氣。心想幸好喝了麥茶，要是沒有麥茶，到超市之前我可能早就變成小木乃伊了。

小美女披著不適合夏天的黑色毛皮，挑著陰影處前進。她有四隻腳，又沒穿鞋，一定很熱吧。沒辦法，在沒有陰影的地方我只好抱著她走。

抱著她的時候，她會一直「喵～喵～」地唱著歌，而我也附和著一起唱。

「幸～福～不會～走～過～來～」

「喵～喵～」

來到大型超市前面，自動門有很多人出入，我覺得簡直就像吃西瓜吐子一樣。

站在自動門前，裡面吹出的冷風像超市的呼吸，我舒服地站在門口，稍微擋住了大家。

「妳在這裡等我喔。」

「喵～」

適合她等待的陰影處已經有先到的客人了，一隻體格比她大不知多少倍的金色大狗，帶著項圈坐在那裡，她毫不害怕地在他旁邊坐下。他發現她在旁邊，低頭望著她，她也回望著他，兩人就這樣彼此互望。哎喲，搞不好開始戀愛了。

他看起來很正經，我擔心這個壞女孩是否能讓他幸福。我不打攪他們，靜靜地走進超市。

我先跟警衛打招呼。警衛像故事裡的守門人一樣站在門口，跟他打招呼，他也跟我敬禮。以前我以為他們是來出差的警察，直到有一位到了應該可以使用魔法年紀的警衛跟我說，他們不是警察，是專門在這家超市保護正義的人。

走進超市後，小小的鼻子同時聞到了很多味道。我非常喜歡大型超市，不管來多少次，這裡有好多沒見過沒吃過的，其中一定會有我非常喜歡的東西，這和我在圖書館找好書時開心的感覺非常像。

我立刻找到西瓜，有一整個沒切的，也有切成三角形的，我把兩人份的西瓜放進超市的籃子。架子上還有四方形的西瓜，第一次看到這種的，嚇了一大跳。四方形的西瓜賣得比圓的貴很多，我心想果然西瓜也是與眾不同的比較有價值啊。

找到了西瓜，我開始在超市裡閒逛，不想打攪朋友談戀愛，也想在涼快的地方多待一會兒。

我看了魚，看了青菜，看了點心材料區的食譜卡，心想哪一天也要跟阿嬤一樣做點心。

就在此時，背後突然有聲音叫住我。

「小柳同學。」

那個知性的聲音讓我回過頭。我的臉應該跟今天的太陽公公一樣吧。

「啊，荻原同學，來買東西嗎？」
「嗯，我媽媽讓我來的。小柳同學呢？」
「我來買西瓜。天氣好熱。」
「嗯，真的好熱。好想跟小王子一樣去涼快的星球啊。」
我心想不愧是荻原同學。班上看過《小王子》的，只有我跟荻原同學了吧。自從上次告訴荻原同學猢猻樹的事以來，這是我第一次跟他說話。在學校時，荻原同學多半都在跟別人聊天，現在有機會跟荻原同學講話，讓我非常高興。
荻原同學已經看完《白象回憶錄》，他跟我講了一會兒這書的內容。五分鐘？十分鐘？我忘了自己是來替馬蚤貨小姐買東西的。
看見手上的西瓜，我終於想起本來的目的，雖然覺得非常依依不捨，但不能讓我最喜歡的馬蚤貨小姐等待，只好跟荻原同學道別。
我跟荻原同學不是朋友，雖然偶爾講話，但從來不一起吃便當，也不一起吃點心。而且荻原同學不只跟我一人聊天，他對班上每個同學的態度都一樣，當然對桐生同學也是。但不知怎地，就像跟馬蛋貨小姐和阿嬤說話一樣，我也很期待和荻原同學說話。

一定是因為班上只有荻原同學跟我差不多聰明的緣故。

我把已經不冰的西瓜換成冰的，終於到櫃臺排隊結帳，排了一會兒之後，我把西瓜遞給櫃臺的姐姐，付了錢。

「來買東西啊，真厲害。」

櫃臺姐姐說道。

「謝謝，這沒什麼。」

我回道。這完全沒有什麼厲害的。

把西瓜裝在白色的袋子裡，該回馬蛋貨小姐家了。正這麼想著的時候，突然有個好大的聲響嚇了我一大跳，不由地跳了起來。

真是難以置信，簡直就像之前我看過的推理小說裡發生的情景。

聲音是從超市的入口傳來，非常激烈的聲音。我嚇了一跳望過去，只見兩個警衛押著一個人，旁邊還有另外一個警衛，好像是要掩飾傷口一樣遮著自己的臉，而巨大的聲響是倒在地上的三個人發出來的。

「不要動！」

一個警衛叫道。臉被壓在地上的那個人不明所以的叫聲在超市中迴盪。

我不知道是怎麼回事，但這聽起來好像是要傷害別人的聲音，讓我站在當場動彈不得。

發生了什麼事？完全不知道，但非常令人不安。我用盡小腦袋思索著。

跟我站在一起的大人竊竊私語。

「是順手牽羊嗎？」

順手牽羊，我知道這是什麼意思。是指小偷。

那個人是當小偷被抓到了。這樣我明白了，雖然明白了，但還是動彈不得。

等我可以動彈的時候，門口周圍有好多人啪喳啪喳地用手機拍照，警衛忙著阻止他們。我還沒有手機，就算有，也不會想拍壞人的照片。雖然我沒看見臉，但一定長得很恐怖。

小偷被人帶走以後，超市裡面仍舊人聲嘈雜。大家從入口像螞蟻一樣散開，我趁機走出去，恨不得早一秒離開這個發生了可怕事件的地方。

出去時我偷瞥了一眼，剛才發生爭執的地方地上有紅色的點點，我立刻別開視線衝到外面，深吸了好幾口熱得要命的空氣，拼命想在心裡製造出空隙，讓熱空氣剛好溫暖我冷到心坎裡的身體。

「喵～」

我低頭看見嬌小的朋友一個人怨恨地瞪著我，跟她成了好朋友的金色大狗已經不在了。

「妳這是什麼眼神，我並沒有忘記妳啊。裡面發生了大事呢。來，回馬蚤貨小姐家去吧。」

我帶著生著悶氣的她，盡量不去想剛才發生的事。

我唱著歌，把她抱起來，還問她剛才那隻狗的事。但是心裡還是無法平靜下來，這種感覺跟之前在家和爸媽大聲吵架時的感覺很像。

我有糾正別人做錯事的勇氣跟正義之心，要是那個誰在我面前偷東西的話，我一定會糾正他。

但是只是看見做了錯事的人被人逮住，為什麼會這樣不安呢？我不明白。雖然看見的事情很嚴重，但我有這種感覺。

回到馬蚤貨小姐家裡，心裡仍舊焦慮不安。馬蚤貨小姐冰西瓜的時候，或許我該問她我為什麼會這樣不安。但是那個時候我不想說話，不想說出來讓那個景象和聲音浮上心裡的水面，所以我只說高興的事情。

「我碰見班上的同學，跟他講了一會兒話。」

「啊，妹妹在班上交了朋友啦，太好了。我聽妳說沒有朋友，還擔心了一下呢。」

「不是朋友。沒有講什麼重要的話，也沒約好了要一起玩。而且我有朋友啊，馬蚤貨小姐、那孩子、南姐姐和阿嬤都是啊。」

「班上的同學也可以算朋友的，就像我跟南姐姐、阿嬤一樣。妳為什麼不把他們當朋友呢？」

「很簡單，因為我感覺到心和心之間的距離。」

馬蚤貨小姐張開嘴，好像要說什麼，最後只說：「這樣啊。」

但是我接下來說的話，讓馬蚤貨小姐臉上的笑意更深了。

「那個男生啊，雖然不是朋友，但是跟他說話很開心。他很聰明，也看了很多書，我想多跟他講話。但是他對大家都很好，我希望他不要管班上那些腦袋空空的小孩，多跟我講話就好了。」

「喔——？」

馬蚤貨小姐拿著筆像畫畫一樣畫眉毛，她停下手望著我。馬蚤貨小姐的笑容跟平常微笑的表情不一樣，大人這樣笑的時候通常心裡想的都沒好事。

「原來妹妹喜歡那個孩子啊。」

「哎，嗯。我很難得有喜歡的同班同學。」

還有一個要是有勇氣的話，我可能也會喜歡的同學。但現在看起來不怎麼有希望，自從教學觀摩以來，他就一直躲著我。

「不是那樣的。」

「不是那樣？」

「妹妹不是愛上那個孩子了嗎？」

聽她這麼說，我以為我的臉要爆炸了。一定是錯覺。

「不是這樣的，因為我完全不了解他啊。」

「就算這樣也可以戀愛喔。」

「戀愛不是要結婚嗎？我根本沒有這麼想過。」

「結婚並不是戀愛的目的。」

「那戀愛是什麼？」

「我也不知道。妹妹那麼聰明，說不定會知道。」
我不覺得馬蚤貨小姐都不知道的事我會知道。
我知道有結婚、戀愛這種事，但是我並不想跟荻原同學像故事裡的戀人一樣私奔，也並不想跟他互相凝視，我只想跟他聊天而已。
我跟馬蚤貨小姐一起吃冰箱裡冰涼的西瓜。
「馬蚤貨小姐有想結婚的人嗎？」
我試著問馬蚤貨小姐。
「沒有。我不怎麼想結婚吔。」
「為什麼？」
馬蚤貨小姐望著天花板「嗯」了一聲思考著。
「就像布丁一樣。小時候的戀愛只看見甜的部分，那樣也很好、非常好，大家都明白。但是長大成人以後，就知道布丁也有苦的部分，不知從什麼時候開始，就會覺得避開苦的部分不吃不是好事，就一起吃了。但是跟咖啡和酒不一樣，我討厭戀愛苦的部分，而且努力避免苦的部分太麻煩了，所以就漸漸不想吃了。」

「好困難喔。」

我覺得比數學和理科難多了。

「反正現在不結婚的人很多。」

「我變成大人以後也不想結婚。人生就跟床鋪一樣。」

「什麼意思？」

「要睡覺的話，單人床就夠了。」

馬蚤貨小姐看著我的眼睛一秒，然後以前所未有的聲量大笑起來。自己的笑話讓馬蚤貨小姐發笑讓我很得意，我高興地啃著西瓜。

「妳說這話知道是什麼意思嗎？」

我把頭傾向一邊，不知道馬蚤貨小姐為什麼這麼問。那天晚上，我東想西想，但十點鐘還是犯睏，在軟軟的床鋪上睡著了。

第二天去學校，令人難以置信的謠言在學校裡流傳——桐生同學的爸爸因為偷東西被警察逮捕了。

那麼溫和的爸爸不可能做這種事情。我心想要讓桐生同學說謠言不是真的，但沒辦法做到。

桐生同學今天沒有來學校。我問仁美老師，但她什麼也沒有告訴我。

桐生同學已經好幾天都沒有來學校，因此，沒有人跟我一組了。討論幸福是什麼的時間，仁美老師跟我一組，我並不討厭這樣，反而很高興。但我還是很在意跟桐生同學有關的謠言。要是那個謠言是真的，我可能就在現場。

還是要再說一次，我覺得桐生同學那麼溫和的爸爸，看起來實在不像是會做壞事的人。

自從那天之後，中間還夾了週末，桐生同學過了整整五天才來學校。我跟平常一樣盡量待在圖書館裡，在仁美老師要來之前才回教室。

這時，我看見桐生同學爬上樓梯。

「早安，桐生同學。」

我等桐生同學爬上樓梯之後才跟他打招呼，他之前完全沒有注意到我吧，我叫他時他嚇得幾乎跳起來，肩膀震動，雙眼大睜地看著我。

「小、小、小柳同學。」

「好久不見了。你是不是去度假了啊？」

要是那樣就很好，我心裡這麼想。

但桐生同學只低著頭，一句話也不說。

「我知道你的感覺。」

「…………」

「日本熱得要命，我也想去涼快的地方。」

桐生同學稍微抬起頭來看著我的臉，但還是什麼話也沒有說。

我走進教室，跟平常一樣沒有人說話，也沒有人看我一眼。但是桐生同學跟在我後面進來，大家都停下來不說話，望著桐生同學。

雖然天氣很熱，大家的視線感覺起來卻好像冷風一樣，我擔心這樣軟弱的桐生同學會不會凍死啊。幸好仁美老師立刻走進教室。

真不愧是仁美老師，她走進來便大聲地跟大家打招呼，大家望向老師，我們趁機坐下。

我以為仁美老師會說明桐生同學為什麼休假這麼久，但仁美老師簡直像是桐生同學每天都有來上學的樣子。早上班會結束，老師就離開教室了。

「仁美老師！」

我跑出去追上仁美老師，叫著老師的名字，老師並沒跟剛才桐生同學一樣滿臉驚訝，她可能知道我追出來了，同時也知道我要問的問題。

老師轉過來時臉上帶著笑容，但我在那笑容下面，看見了大人要說討厭的話時認真的表情。

「怎麼了，小柳同學？下堂課算數的作業檢查過了嗎？」

「嗯，沒問題的。喏，老師，我想問妳一件事。」

「……什麼？」

「桐生同學。」

我這麼說。仁美老師臉上仍舊帶著微笑，但她咬住下唇把我帶到最末端沒有人使用的教室前面。我並不討厭說悄悄話。

仁美老師配合我的身高，蹲下來用比平常小的聲音說話。在此之前，什麼也不告訴我的仁美老師，終於要跟我說話了，我專心地側耳傾聽。

「小柳同學有過不想來學校的時候嗎？」

「有啊，每天都不想。但是我要變聰明，所以來學校，而且還能見到仁美老師。」

我老實地回答。仁美老師為難地一笑。

「那麼，比方說最不想來的時候，像是放完暑假，或者是星期一之類的？」

確實，週末或暑假結束後，總是希望自己能使用魔法。我對仁美老師點點頭，老師也對我點點頭。

「是吧，那種時候要來學校，需要很大的勇氣和內心的力量。」

「還要有甜的點心。」

「嗯，對。所以桐生同學因為有重要的事不能來學校，今天是鼓起很大的勇氣和內心的力量才來的，知道嗎？」

「我知道。」

那個膽小的桐生同學，需要更大的勇氣吧。

我點頭，仁美老師高興地微笑。

「老師可能可以準備甜的點心。但是呢，桐生同學從今天開始也能每天都有來上學的勇氣和內心的力量的話，就需要教室裡的夥伴。我希望小柳同學能成為桐生同學的夥伴。」

「我並沒有變成桐生同學的敵人啊。」

「嗯，沒錯。所以就像現在這樣繼續下去就好。跟平常一樣說話，跟平常一樣坐在他旁邊，跟平常一樣一起吃營養午餐。可以做到嗎？」

「可以啊，這種小事。桐生同學又不是頭上長了角。」

老師聽聞後笑了起來，她的表情跟我在教學觀摩上發表的時候非常類似。

「嗯，能拜託小柳同學真是太好了。要是小柳同學當了桐生同學的夥伴，他還是很難受的話，就悄悄告訴老師。桐生同學可能不會自己主動說的。」

「因為他是個膽小鬼。」

「不是這樣的。沒有勇氣的話，他今天就沒法來學校了喔。」

桐生同學有勇氣？仁美老師說的話我只有這一點不同意，但我還是點點頭，跟仁美老師道別。

對桐生同學來說重要的事是什麼呢？我一面想一面走回教室，決定晚一點要問桐生同學。仁美老師說跟平常一樣和他說話，所以應該沒關係吧。

我走進教室，桐生同學的周圍果然好像有冷空氣流動一樣，我分開那不友善的空氣，走近低著頭的桐生同學。

「不好意思。」

我說著伸手撩起桐生同學垂下來的瀏海，他好像非常驚訝，但我已經先道過歉了。我仔細地看了他的額頭，確認過沒有角之後，回到位子上坐下。桐生同學用驚訝困惑的眼神望著我。

「仁美老師的表情很認真，我還以為真的長了角了。沒長就好。抱歉突然碰你。」

我已經說的很清楚了，但桐生同學還是用驚訝困惑的眼神看著我。他的表情果然還是原來那個膽小鬼。

我決定在放學後問桐生同學，他重要的事是什麼？我總是一個人回家，桐生同學也是一個人回家。那個時候再叫住他，問他一下就好。

我雖然這麼想，但人生簡直就跟爸爸一樣。

對，也就是說，不如你的意。

「喂，你爸爸是小偷吧。」

這是午休時的事。吃完營養午餐，仁美老師一離開，班上就開始吵起來。有人去校園裡玩，有人去音樂教室彈鋼琴，也有幾個人走到桐生同學旁邊，就是那幾個笨蛋男生。

我是會把濺到身上的泥水自己擦掉的女生，但是那個時候，我決定先靜靜看著事情的發展。

桐生爸爸的謠言，不管是真的還是假的，我知道大家都會繼續說桐生同學的壞話。可是我想，要是桐生同學有勇氣的話，就可以自己反駁他們。我很想聽桐生同學的回答，所以等著他們吵架。
但桐生同學還是低著頭，什麼也不說。這樣不行，我心想。笨蛋一知道對方不回話，就會以為自己比較厲害。
「我媽媽說，桐生家的爸爸在二丁目的超市當小偷，被警察抓到了。」
我望著桐生同學的側臉，動腦筋思考。果然我見到的那一幕，就是桐生爸爸。但真相還是不明。
桐生同學仍舊什麼也不說，低著頭不看任何人。
那些笨蛋可能因此不高興了。
「果然畫著奇怪畫的傢伙的爸爸也不是好東西。」
「…………」
「對了，之前高橋的尺不見了，是不是你幹的啊。」
「…………」
「小偷的兒子果然也是小偷。我沒生在桐生家真是太好啦。」

啊，沒能等下去真是抱歉，桐生同學。之類的念頭，我完全沒有哦。

「你們果然有夠笨的。」

笨蛋男生們的視線一下子全轉到我身上。

「咦？我有說誰是笨蛋嗎？你們竟然自己都知道吔。」

「啊？」

男生們，特別是領頭的那個笨蛋瞪著我，但我一點也不害怕。我比較介意對桐生的某種感覺，所以我對那些笨蛋男生說的話就像是遷怒一樣。

其實我是想大聲對桐生同學說：**你這個膽小鬼**。

「小偷的兒子就是小偷？這沒有任何根據吧。要是你是名字叫做小偷的生物，會作何感想？要是你真的這麼覺得的話，那你爸爸跟你媽媽也像你一樣是笨蛋囉。有這種笨蛋兒子，你爸爸媽媽真可憐。」

男生的臉越來越紅，他生氣了，連反應都這麼笨。但是我覺得這種反應比桐生同學好。

人家批評你重要的東西和重要的人，你竟然不生氣。我之所以沒有直接對桐生同學這麼說，是因為我跟仁美老師約好了要當他的夥伴。

笨蛋男生們好像要用什麼東西丟我一樣，但是我跟他們不一樣，我很聰明，可以對付他們的話還很多呢。

「說桐生同學的爸爸是小偷，只是謠言而已吧。想也不想就聽信謠言，果然是笨蛋。」

「有人看見。」

「又不是你親眼看見。看見的人可能看錯了，誤會了也說不定。」

「跟妳沒有關係吧！」

「哎喲，跟你也沒關係不是嗎？而且如果是真的話——」

我多說了不必要的話，就在這個時候——

「不要說了！」

很大的聲音在教室裡響起。我一開始不知道這個聲音是誰的，不是我的聲音，也不是笨蛋男生們的聲音，是我沒有聽過的聲音。

後來發現那是桐生同學的聲音時，也發現坐在我跟笨蛋男生之間的桐生同學，不知為何，不是對著攻擊他的男生，反而用悲傷的眼神看著我。

也就是，桐生同學叫我：「**不要說了。**」

我不知道桐生同學為什麼這麼說。但他猛地站起來，撞倒了椅子，發出震耳欲聾的聲響，椅子倒地的聲音還沒靜止，他就一言不發地離開教室。

在那之後不只是我，班上所有人都沈默下來，黑板跟桌椅一定也都沈默了。教室裡就是這麼安靜。

午休結束，第五節課開始，桐生同學都沒有回教室；放學前的班會結束，桐生同學也沒回來。

我被仁美老師叫去，老實跟她說了午休時發生的事情。我也說了我替桐生同學打抱不平，但他離開的時候卻恨恨地瞪著我，我不知該怎麼辦才好。

仁美老師說她會試著跟桐生同學談談，再看接下來要怎麼辦，然後她對我說可以回家了。

第二天去學校，桐生同學沒有來。

下一天也沒有。下一天也沒有。

有一天，我又被仁美老師叫去，跟我說桐生同學暫時不會來學校了。

「不是小柳同學的錯，不要放在心上。」

仁美老師溫柔地說。

但是我很清楚，大人這麼說的時候，真正的意思就是——**不是妳的錯，但妳有責任。**

我分明是替桐生同學教訓了他們，我心想，仁美老師果然還是搞不清楚狀況。

下雨了。我走去馬蚤貨小姐家，跟她說了吃西瓜那天發生的所有事情。我因為隱瞞而向她道歉，也老實說了當時我不想提起那件事。

馬蚤貨小姐並沒有因為我沒跟她講而生氣，她聽了我的話，好像很明白似地點頭。

「妹妹發現了啊。」

「發現什麼？」

「大人很可怕。」

可能是吧，所以我才出現爸爸和媽媽吵架時同樣的感覺。

我也跟馬蚤貨小姐說，被抓的人可能是同班同學的爸爸。雖然說可能是，但從桐生同學那時候的樣子看來，我已經知道答案了。

我又跟馬蚤貨小姐說，桐生爸爸會去小山丘下的公園，而且是個非常溫和的人。

「原來如此。」

馬蛋貨小姐嘆了一口氣說。
「為什麼要偷東西啊，而且還在超市。」
桐生爸爸應該買得起超市裡的所有東西吧，就連那裡最貴的四方形西瓜也一樣。
「馬蛋貨小姐知道是為什麼嗎？為什麼要做那種事？」
我小小的腦袋最近一直在想這件事。為什麼、為什麼，這三個字一直在腦中迴響。為什麼做那種事？為什麼那時候桐生同學瞪我？
我想讓馬蛋貨小姐告訴我，因為她是大人。
但是馬蛋貨小姐搖頭。
「天曉得。為什麼呢？」
要是馬蛋貨小姐也不知道，那可能我不管怎麼想也想不通了。我稍微有些失望。
「所以……這只是我的想像啦。」

「哎？」

「只是我的想像，不是事實。這樣妳也想聽嗎？」

「嗯，我想聽。」

「那個人，當小偷的那個人，大概是想結束吧。」

「結束什麼？」

「這種日常生活。隨便怎樣都可以，只要結束這種一直持續的日子。」

「我不懂。」

馬蚤貨小姐微微笑著點頭。

「嗯。不懂沒關係，妹妹不懂也無所謂。」

「馬蚤貨小姐懂嗎？」

馬蚤貨小姐沒有回答我，她只問我還要不要果凍，我高興地吃了蜜柑果凍。很奇怪的是，味道吃起來比以前淡了。

我也跟馬蚤貨小姐說了除了小偷之外的另一個煩惱——

就是一個班上的男生，他非常膽小，所以我替他打抱不平，結果他卻生氣了。我不知道為什麼，也不知道他不來上學我該怎麼辦。我分明照仁美老師的吩咐，當了他的夥伴。

真的非常煩惱。但馬蚤貨小姐聽了我的話，卻吃吃笑起來，難道她以為我是在說笑話嗎？

「對不起，對不起。」

馬蚤貨小姐笑著說。我把頭傾向一邊。

「真是的，我小時候也跟妹妹一樣，要是我看不順眼，就會比當事人先吵起來。要說我比較討厭哪一邊，悶不吭聲的孩子比較讓我生氣呢。」

「就是這樣。」

馬蚤貨小姐說他小時候跟我很像，這讓我非常高興。我想知道馬蚤貨小姐小時候的一切——她家有什麼人，她有怎樣的朋友，有沒有跟我一樣的口頭禪呢？

「我跟妳一樣，是有話就會立刻說出來的類型。那個瞪著妹妹的同學到底是怎樣的心情，我也不明白。我是有想法，但就算這樣也不表示明白了。」

「如果可以的話，我想聽聽妳的想法。」

「嗯——，不要，不告訴妳。」

馬蚤貨小姐聽了我的請求，把頭歪到一邊說。

「為什麼？」

「妹妹想跟那個同班同學和好吧？」

「這也很難說，我們原本就沒有很要好。」

馬蚤貨小姐又吃吃笑起來。

「真的很像。」

她以我幾乎聽不到的細微聲音說道。

「要是妳不想跟他和好，就不會管他在想什麼了。」

我覺得她說得或許沒錯，我不知道自己為什麼想這麼多，這可能是個不錯的答案。

「既然妹妹已經努力思考了，就該自己找出答案，然後決定該怎麼辦。所以不告訴妳我的想法。」

馬蛋貨小姐的表情好像惡作劇的小孩，用食指在嘴巴前面做出叉叉。在叉叉的後面，我彷彿又聽到馬蛋貨小姐在說：**反正我放棄了**。

「知道了，我自己想。但是，人生就像孔雀求愛一樣。」

「什麼意思？」

「有提示喔。」

我用手指在空中寫字，馬蛋貨小姐好像立刻就知道我的意思。

「氣質和外表。還是這麼聰明。」

她稱讚我說道。

「提示啊。好吧，不是答案的提示，給妳思考方式的提示好了。」

「嗯。」

「聽好了。」

馬蚤貨小姐豎起食指，把嘴唇湊近我。塗著口紅的大人的嘴唇讓我心跳了一下，但我還是豎起耳朵傾聽。

「大家都不一樣，但是大家都一樣。」

「哎？」

馬蚤貨小姐說的話讓我做出奇怪的表情。我噘起嘴，皺著眉頭，這表情很可笑吧。馬蚤貨小姐笑起來，要是我看見鏡子的話，應該也會笑吧。

但比我的臉更奇怪的是馬蚤貨小姐的提示。

「那太奇怪了，馬蚤貨小姐。那就像是，最強的矛和最強的盾的故事。」

「矛盾呢。」

「對對。雖然不同，但是又一樣……。」

我拼命動著小小的腦筋，轉動眼珠子。

「對，很奇怪吧。所以這個提示只是思考方式的提示喔。再深入一點好了。妹妹是小孩，我是大人，可是我們都喜歡黑白棋。」

「嗯——，我得要再想想才行。」

馬蚤貨小姐深深地點頭。

「嗯，努力地想，然後得到自己的答案，我花了不少時間才明白這一點。妳又聰明又溫柔，一定沒問題的。」

「馬蚤貨小姐都不明白的事，我能明白嗎？」

「沒問題的。對了，阿嬤可能會有比我更好的提示喔。妳跟她聊聊吧。」

「那我明天去看看。下雨天不去阿嬤家的，會搞得滿身都是泥巴。」

馬蚤貨小姐溫柔地微笑，望向窗外的天空。

「明天不要下雨就好了。」

我也這麼覺得。

🐾

第二天，我和馬蚤貨小姐的希望實現了。

太陽公公的光芒普照大地，潮濕的泥地在小學放學之前也乾了，沒有弄髒我喜歡的鞋子和斷尾美女的毛皮。

我在小山丘下方的公園走右邊那條路上坡。天氣放晴是很好，但天氣越來越熱，我擔心會不會全身濕透。我想把到阿嬤家的路用魔法縮短，但立刻就想起我還不會使用魔法。

山路上陰影多，小美女的心情比走在水泥路上好多了，精神飽滿地爬上坡道。

終於到了阿嬤家，我跟平常一樣要敲門，但看見門上貼著一張字條，我替不識字的活潑小朋友唸出上面寫的內容。

——小奈，門沒有鎖，自己進來吧。

我和金色眼睛的美女互望了一眼，伸手握住木頭大門的門把，門跟紙條上說的一樣沒有鎖。

「打擾了。」

我進門出聲招呼。屋裡很安靜，平常都有阿嬤做點心的聲音，要不就立刻能聞到甜甜的香味，但今天都沒有。

「阿嬤不在家嗎？」

「喵～」

我用玄關的濕毛巾替小美女擦了腳，一起走進屋內，但家裡除了我們的呼吸和腳步聲之外，似乎沒有別的聲音。

我先到光線很好的客廳，阿嬤常常坐在這裡看書喝茶，但是今天阿嬤不在那裡。

只不過是阿嬤不在，這裡就感覺好寬敞。雖然我喜歡寬敞的地方，但很奇怪的是，寬敞的客廳讓我覺得焦慮不安。焦慮不安的感覺不好。

我走到屋子最裡面的廚房，阿嬤搞不好在做沒有聲音和氣味的料理也說不定。但並不是這樣的。整齊的廚房裡沒有人，寬敞和寂靜又讓我覺得焦慮不安。

看來阿嬤好像不在家，可能是去買東西了吧。我和小美女面面相覷，好像事先約好了一樣，走進一路通往客廳的走廊。

照不到太陽的走廊很陰暗，我恨不得早一秒走過去，但之前我看過一個故事，說這種時候用跑的話，會有恐怖的玩意追過來。所以我一面說追我不好玩喔，一面一步一步地往前走。

走到客廳之前會經過好幾個房間，但是幾乎所有的房間都是空的，沒有人，只有櫃子和桌子的空房間。阿嬤的家人以前好像住在這裡，但房間裡的東西跟家人都一起搬走了。

只有阿嬤的臥房不是空房間，我進去過好幾次，裡面是阿嬤的床和書櫃，我在那裡看過書。

正要走過阿嬤的臥房前面，我突然停下腳步，心想，阿嬤搞不好睡在床上。我叫住幾乎要融入走廊陰影中的小美女，敲了阿嬤臥房的玻璃門，把門打開。但是阿嬤也不在那裡。

我本來應該立刻走出去，到有陽光的客廳去才對，但我卻站在房間裡動也不動。有特別的理由。

我走進臥房，拉開窗簾，讓光線照進房間裡，房裡物品的顏色都清晰了起來。

我所注目的焦點每一種顏色似乎都有自己的生命。

它掛在牆上。我一步一步走近，在那幾秒鐘裡，不要說是小美女了，我可能連阿嬤都忘得一乾二淨。

「好漂亮。」

我連漂亮這兩個字都還不會寫，但這兩個字描述了心中所想的一切。我其實只是在心裡這麼想，但卻不小心讓這個世界知道了。

那是一幅畫。有好多顏色相互重疊，非常漂亮的畫。這幅畫有種力量，一直看著就好像要被吸進去一樣，讓人無法轉開視線。

我有一會兒可能真的進入畫裡了，在阿嬤叫「小奈」之前，完全沒注意到她不知何時已經站在我旁邊。

平常突然有人叫我會讓我嚇一跳，但今天我卻能慢慢轉向阿嬤。

「這幅畫是什麼？」

我問阿嬤。之前來這裡的時候，並沒有這幅畫。

「以前的朋友畫的。一直放在二樓的工作室裡，但現在我幾乎不用工作室了，所以搬到這裡來。」

這麼說來我從來沒有問過阿嬤做什麼工作，有點想問，但現在我對眼前這幅畫比較好奇。

「要怎樣才能畫出這樣的畫呢？」

這不是疑問，我後來才知道一面吐氣一面說出來這樣的話，叫做感嘆。

「阿嬤的朋友好有才華喔。」

才華。我真的這麼覺得，因為我無論怎麼練習，都沒法想像自己能畫出這麼漂亮的畫。但我卻可以想像自己變成大小姐，或者是當上社長。這種魔法一樣的畫，一定要有特別的手才辦得到。我確定一定是。

但是阿嬤卻慢慢搖頭。

「不止是才華。跟畫這幅畫的人一樣有才華的人雖然不多，但還是有的。」

「騙人。」

我不相信。世界上竟然有很多能畫出這種畫的人，這比說世界上有很多人會魔法更讓我驚訝。

「有才華的人比妳想像中多喔。但是光有才華，是沒法畫出這麼好的畫的。」

「那還有什麼，努力嗎？」

「那也是必要的，但還有更重要的事。阿嬤沒有見過比畫這幅畫的人更喜歡畫畫的人了。我比小奈大很多，見過非常多人，但我沒見過比他更喜歡畫畫的人。」

「因為喜歡，所以能畫出這麼棒的畫嗎？」

「對。只有一心一意努力做喜歡事情的人，才能做出真正的好作品。」

我心想，怪不得我看南姐姐的故事時那麼感動，那麼想讓別人也看到。雖然現在我已經記不得寫了什麼。

「又喜歡，又有才華，但是卻不好意思說自己喜歡，那就不行吧。」

「妳認識這樣的朋友嗎？」

「不是朋友。不過，他也在畫畫，但是他覺得那很丟臉。阿嬤，畫這幅畫的人，現在在哪裡？」

「跟家人一起住在國外。」

「這樣啊，我還以為畫這幅畫的人是阿嬤的男朋友呢。」

我沒法把視線從畫上移開，所以不知道阿嬤臉上是什麼表情，但阿嬤的聲音顯然覺得跟我聊天很愉快。

「為什麼呢？」

「因為這裡寫著愛啊。」

我指向畫的右下角。雖然不會英文，但這個字我還是認得，那裡用英文寫著「愛」。

「咦？」

「哈哈哈，小奈，這寫的不是愛。愛是Ｌ、Ｏ、Ｖ、Ｅ。這是Ｌ、Ｉ、Ｖ、Ｅ，生命的意思喔。」

我走近了一些，果然如阿嬤所說，那裡寫著ＬＩＶＥ。後面還有Ｍ和Ｅ，我不知道是什麼意思。

「ＬＩＶＥ，什麼？」

「LIVE ME。ME是我的意思，就是我活著。雖然文法不對，但這是畫者的簽名，是個玩笑。」

我不會英文，不懂這個玩笑，只能歪著頭大惑不解。

「果然人生就跟減肥一樣。」

「努力就有結果嗎？」

「不是，要是肉肉的話，就不能享受時裝跟笑話了。」

「原來如此，無知無知*2啊。」

「對，所以得變聰明才行。」

「小奈會變聰明的。那就來做跟唸書一樣重要的事情吧。可以拜託小奈一件工作嗎？」

「工作？什麼？」

我問。阿嬤露出惡作劇般的微笑，裝模作樣地把那個東西舉起來給我

＊註2：無知無知（むちむち）與肉肉的諧音。

看。我知道那是幹什麼用的，不由得滿臉喜色。

「剉冰的工作。夏天的冰跟數學作業一樣重要，不是嗎？」

「就是！」

阿嬷剛才一直在二樓找剉冰機，怪不得我在一樓沒看到她。

漂亮的畫的香味還殘留在我鼻端。我們一起走到涼快的客廳，開始做剉冰。阿嬷從家裡的大冰箱底層拿出四方形的冰塊，我努力剉著。阿嬷又準備了糖漿和湯匙，斷尾美女可能是第一次看到剉冰吧，很高興地在我周圍繞來繞去，然後轉著眼珠子砰地坐下。

我在像雪一樣的剉冰上加了紅色的糖漿，刨冰不管什麼口味我都喜歡。今天想吃草莓，阿嬷好像也一樣，我跟她兩人舌頭都變成紅色了。雖然特別加了糖漿，但金色眼睛的美女卻比較喜歡沒有糖漿的部分，這樣的話就只是吃冰了。我把冰塊放在盤子上給她，她舔得很高興，搞不好她是不想讓舌頭變色。

我一面吃剉冰，一面把最近的事情都跟阿嬤說，包括馬蚤貨小姐跟我說的話，我覺得阿嬤搞不好可以告訴我答案。

但是阿嬤也說了跟馬蚤貨小姐一樣的話。

「嗯——，是啊，果然還是要小奈自己想才行。」

「嗯，我知道，所以我來找阿嬤給我提示。」

「提示啊——。」

阿嬤吃了剉冰後，為避免吃壞肚子便泡了茶，一面喝著一面想。小美女什麼也不想，在陰影中睡覺，我在她旁邊想著要讓阿嬤給我什麼提示才好。

先想到的人是我。

「喏，阿嬤，阿嬤那個畫畫的朋友，是怎樣的人？」

「嗯？」

「我那個不來上學的同學也愛畫畫，我想阿嬤可能比較瞭解畫畫的人。」

「原來如此。」

阿嬤的笑臉比馬蛋貨小姐更加溫柔，然後她跟我形容了畫畫的人是怎樣的人。

「阿嬤畫畫的朋友，是個非常纖細的人，很容易受傷，有比別人脆弱的地方。」

「這我很清楚。」

「但是呢，也比其他人都純真而溫柔。畫畫的人可以正面看著這個世界，好的地方和不好的地方，都能比其他人更直接感受到。所以畫畫的人所畫的畫，跟照片不一樣，對吧？那就是畫家眼中的世界。」

我回想剛才看見的畫，以及在教室裡偷看到桐生同學的畫，在他們眼中，世界看起來是那個樣子，我覺得簡直像是魔法。

我眼裡的世界不是那樣的，但要是剛才看見的畫才是這個世界的真實面貌，那世界真是太美了。

「那麼美麗的世界，一定沒有痛苦和悲傷吧。」

「嗯，對。但是呢，這個世界有很多痛苦和悲傷，不是嗎？其實世界不應該是這樣的。畫家都知道，所以他們比我們更能感受到悲傷和痛苦。」

我想起桐生同學被取笑時的表情，不知怎地，總覺得能理解阿嬤說的。

「就算不是這樣，壞事本來就比好事更容易在人的心裡留下痕跡。」

沒錯，我心裡一直都清楚地殘留著那天在超市的一幕，以及桐生同學的眼神。從那天開始到今天，我吃了很多好吃的東西，但不好的記憶更鮮明。

我想起南姐姐的眼淚。

「寫故事的人也一樣嗎？」

「啊，很有可能。但是我覺得畫畫的人比寫故事的人孤獨。故事是文字，對吧？文字比畫容易傳達啊。」

「那我比較適合故事。我要把心意直接傳達給別人……沒錯，果然我只能那麼做。」

我幹勁十足地端著剉冰的盤子站起來。阿嬤很優雅地笑出聲。
「妳想到什麼了嗎？」
「嗯，那個畫畫的膽小鬼同學，我答應老師要當他的夥伴，我得先告訴他才行。」
「小奈決定這樣的話，那就好。不過，那個孩子可能不像小奈想的那麼膽小喔。」
「老師也這麼說。但他真的是個膽小鬼，而且還是個懦夫，自己的想法都說不出來。」
——然而，瞪著我的時候，眼神卻那麼憤慨。
那天我從阿嬤那裡回到家，吃晚飯的時候、刷牙的時候、上床之後，都在想桐生同學。
我不能瞭解別人心裡在想什麼，所以只好思考。但是不管我怎麼思考，我跟桐生同學都太不一樣了，沒法跟馬蚤貨小姐說的那樣，找到相同之處。

而且我還有一件事非得一起考慮不可——我要怎樣告訴他我是他的夥伴呢？寫信？電話？我沒有手機，不能傳簡訊。

所以，果然只有一個辦法。

## 7

第二天，朝會結束後，我再度叫住仁美老師，然後我把昨天的決定都告訴她。

「仁美老師要給桐生同學家的講義，今天我會送去。我有話一定要跟他說，所以順便。」

我的提議讓仁美老師露出為難的表情。

也是因為這樣吧。老師或許覺得桐生同學不來上學，多少跟我有點關係，但是我知道老師不會說出來的。

就算老師這麼覺得，我也不打算就此放棄。

「仁美老師不是說過嗎？叫我當桐生同學的夥伴。正義的夥伴在軟弱的人不來的時候，會過去找他，不會就這樣放棄的。」

然後我又加上一句：「當然是班上那些笨蛋同學不好。」

仁美老師好像還是很為難，我得想想仁美老師要是不答應的話，我該怎麼辦才好。

我最喜歡仁美老師了，所以我想盡量聽她的話。但要是仁美老師不讓我去的話，我還是打算自己去桐生同學家。

大人說的話不一定對，這是老師自己說的。

當然，我是小孩，我說的話也未必對，我也知道仁美老師為難之後做的決定，也是因為信任我才做的。

「我知道了。今天的講義就交給小柳同學吧。」

「我一定會好好完成任務的。」

「嗯，但是，老師希望妳答應我三件事。」

仁美老師認真地豎起三根手指。我喜歡那種認真的表情，老師現在一定是真心為我和桐生同學著想。

「第一，要是見到桐生同學的話，跟他說老師會一直等他。」

我吃了一驚。

「老師沒見到他嗎？」

「嗯，他說還不想見面。」

「真是有夠軟弱的。」

我這麼說。老師彎起第二根手指。

「第二就是這個，不要責怪桐生同學。當他的夥伴，並不是要攻擊他，所以絕不可以勉強他一定要來學校。」

我明白老師說的話。正義的夥伴是要指責壞孩子的，桐生同學雖然軟弱，但並不是壞孩子，所以我不可以攻擊他。

「最後呢？」

「嗯，第三就是不要說班上的同學是壞孩子了。大家都跟小柳同學一樣，都很擔心桐生同學。」

我聽到老師這麼說，心裡想著：啊，老師果然搞不清楚狀況。

最後一點我沒有點頭，老師不知有沒有注意到。

我回到教室，看著班上吵吵鬧鬧的同學，大家彷彿桐生同學本來就不存在，跟平常一樣什麼也不想，腦袋空空地度過每一天。

沒有任何人提到桐生同學，也沒有人問老師他怎麼樣了。對，一個人都沒有。

所以老師說的話，只有第三點絕對不是真的，絕對是錯的。

不知道是該高興還是該難過，我雖然是小孩，這天發生的事就立刻證明了我並沒搞錯。

「怎麼，妳幹嘛替那種小偷的孩子做事啊。妳喜歡桐生嗎？」

笨蛋男同學的蠢臉上帶著不懷好意的笑容對我說。

我正趁著午休在紙上寫筆記。正如笨蛋男生所說，這是寫給桐生同學的，我想反正要去他家，就順便用我漂亮的字教他上課的內容。

真正的笨蛋讓我一時之間說不出話來，我設法找回我的母語，一面嘆氣，一面回答他的問題。

「嗯，至少跟你們比起來我比較喜歡桐生同學。他雖然很軟弱，但是很會畫畫。」

「就是因為畫那種畫，才會那麼軟弱。」

或許是這樣也說不定，我想起阿嬤說的話。

但是笨蛋說了一句對的話，並不表示之前說的一百句不對的話都會變成對的。我不理他，繼續寫筆記。

「幹嘛不理我！」

笨蛋男生可能因為我不理他而生氣地說，竟然還擺出自尊非常受傷的表情——他哪裡有這種東西啊。

我繼續不理他，笨蛋男生粗暴地伸手把我寫的筆記搶過去，舉得高高地讓全班同學看。

「這傢伙好像喜歡桐生吔！」

班上同學聽見他大聲說話，都轉頭望著這裡。

笨蛋男生以為自己佔了上風，得意地看著我。真是笨到不能再笨了。

我為了讓笨蛋男生知道自己有多笨，大口大口地嘆著氣。

「我知道你想讓大家都知道你有多笨啦，把筆記還來。」

我站起來，想從笨蛋男生手裡拿回筆記，男生扭過身子避開我的手。

此時看見這個場面，任誰都只需要一秒就能明白是誰不對吧。所以班上的同學本來應該勸笨蛋男生把筆記還給我的，在他後面的同學也可以替我拿回筆記。

但是大家並沒有這麼做。大家分明都看見我隔壁的桐生同學沒來，我仍舊替他奮戰，但卻什麼也不做。
所以仁美老師說的話果然是錯的。
「你不還我是不是？」
我又嘆了一口氣反問笨蛋男生，他不理我。
我吸進一口氣，分量剛好足夠說出接下來的話。
我答應過老師，不能攻擊夥伴。
「你隨便拿別人的東西不還，不就是小偷嗎？」
也就是說，要是敵人的話，就可以不客氣地攻擊了。
笨蛋男生滿臉通紅地瞪著我。
「你知道小偷是什麼意思嗎？知道吧，你自己說過好多次吧。小偷就是隨便拿別人東西的人喔？那你就是小偷。而且桐生同學的爸爸是不是小偷，我是沒有看見，但你真的是小偷喔，你隨便拿了我的東西。」
笨蛋男生的臉越來越紅，這樣下去會不會爆炸啊。但是我還沒說完，所以要是爆炸的話，就不好意思啦。

「當小偷是壞事喔，不是嗎？因為這樣所以才罵桐生同學，不是嗎？那這樣就用你自己說過的話吧。要是桐生同學的爸爸是小偷，那他也就是小偷的話，你的家人也就都是小偷囉。好可怕的一家人喔！你爸爸、媽媽和其他人，大家都是小偷，叔叔阿姨也是喔？就算本人不是，只要扯上關係就都算的話，那搞不好你的朋友也都是小偷了。不對，說不定只要在同一間教室裡的人也都會變成小偷，那我也成了小偷？這可不行，我跟你才不一樣呢。」

「煩死了！」

笨蛋男生大叫的聲音傳到我耳邊的時候，我眼前的景象也不一樣了。

笨蛋男生離我越來越遠，而我卻越來越接近地面，天花板出現在上方。

我愣了一會兒才回過神來，慢慢感覺到左邊肩膀受到衝擊，右邊上臂疼痛。這才終於明白我被推倒在地，而且倒下的時候撞到椅子了吧，椅子也一起倒了。

一目了然。蠻橫、暴力，我們都學過這是不正當的行為。

我想爬起來告訴笨蛋男生不可以這樣，但有個東西砸在我頭上，我撿起那個紙團，攤開來看，是我替桐生同學抄的筆記。

「大家都討厭妳啦。」

笨蛋男生不僅搶了我的東西並且弄壞了。對我使用暴力，最後還說出這種話，看見這種狀況，要是有人說是我不對，那個人一定腦子壞掉了。

我以為一定會有人站在我這邊，但是我一直坐在地上，班上同學沒有人伸手拉我，也沒有人安慰我。

老師說的話果然是假的。但笨蛋男生最後說的話，倒也不見得是假的。

所以，想直接傳達心意的我，就把心裡所想的說出來讓全班都聽到。

「你們大家，都是小偷。」

我沒有大吼大叫，而是非常睿智地清楚說。

午休結束的鈴聲像是要預防我的話餘波蕩漾一般，就在此時響起。

晚集合結束後，仁美老師把桐生同學的講義給我，今天我沒有拿旁邊信太郎老師的點心，直接離開學校。一路上碰到同班同學，我沒有跟任何人打招呼。

我和在家附近等我的小朋友會合，出發前往桐生同學家。

我知道桐生同學的家在哪裡，之前在路上碰到他，問過他家的地址，我知道大概的位置，到時候看門牌就可以了。

那條街上每一棟房子都長得很像，但門牌上寫著「桐生」的只有一家。我想起之前覺得「桐生」的漢字寫起來形狀很好看。

「但是小柳看起來更酷就是啦。」

我自言自語，毫不緊張地按了桐生同學家的門鈴。等待了一分鐘，沒有人回應，我就又按了第二次，但第二次結果也是一樣。

我沒有想過桐生同學可能不在家，連我感冒在家休息時，就算稍微好了一點，也不想見到去上學的人，更不想出門，桐生同學自然不可能有勇氣出門。搞不好他也不想見到我。

我第三次按門鈴。接下來的一分鐘要幹什麼呢？正這麼想的時候，對講機終於有了回應。

『哪位……』

聲音雖然有氣無力，但我還是認出是教學觀摩時，跟桐生同學說話的桐生媽媽。

「您好！我是桐生的同班同學，送講義來給他的！」

『啊……謝謝，請等一下。』

我聽話乖乖等待，不一會兒，桐生媽媽就從門口走出來。

「等一下喔。」

我對腳邊舔自己爪子的小朋友說道，然後對桐生媽媽行禮。

「您好！」

「妳是小柳同學吧，坐在阿光旁邊的。」

我沒有跟桐生媽媽說過話，但她好像認識我，雖然我不知道為什麼，但還是很高興。

原來桐生同學叫做光，桐生光，他的名字真出色。

「平常都是仁美老師拿來，今天是小柳同學呢。謝謝妳。」

「嗯，我拜託老師讓我來的，我找桐生同學有事。」

有事。桐生媽媽聽到這兩個字，露出跟今天早上仁美老師一樣的表情。

桐生媽媽很為難。難道連她也覺得桐生同學不去上學是我的錯嗎？我們現在才第一次說話啊。

「有什麼事？」

桐生媽媽問我，我也老實回答她。要讓別人相信你，就一定要說實話。

「我是來跟桐生同學說，我是他的夥伴，希望桐生同學能來上學，要不然上課的時候就沒有人跟我一組了。」

我看得出來實話讓桐生媽媽稍微放鬆了一點。人果然不可以說謊。

「進來吧。」

桐生媽媽露出笑容，對我說。看吧，誠實的人會有好報的。

我第一次來桐生同學家，跟我家比起來，這裡充滿了料理跟衣服的氣息，一定是因為我家只有晚上有人在的緣故。不久之前的話，我可能還會有點羨慕也說不定。

我走進客廳，在沙發上坐下，喝了柳橙汁。柳橙汁是我喜歡的甜味，光是這樣，就讓我覺得來桐生同學家真是太好了。

「桐生同學呢？難道出門了嗎？」

一面喝著柳橙汁，一面問桐生媽媽我進來後就一直想問的問題。

「阿光在二樓的房間裡。最近大部分時間，他都關在自己房間裡。」

桐生媽媽喝著咖啡搖頭說道。

「是在畫畫嗎？」

我只是說出心裡的念頭，桐生媽媽卻露出驚訝的表情。

「咦，妳知道阿光畫畫啊。那孩子總是遮掩自己會畫畫的事。」

「他在學校也一直遮掩。畫得那麼好，應該讓大家都看見啊。我覺得桐生同學的畫有這種價值。」

要是桐生媽媽有完全信任我的那一刻，一定就是在這個時候了。人果然不能說謊。

「要是桐生同學關在房間裡畫畫的話，那我不僅替他加油，而且還很期待。但他還是不能跟大家說他喜歡畫畫的話，那我就沒辦法替他加油了。」

「請妳直接跟阿光說吧。小柳同學真的是阿光的夥伴。」

「嗯，我從來就不是他的敵人啊。」

桐生媽媽微微一笑。我喝完柳橙汁，她帶我走上二樓。二樓明亮的走廊上有好幾扇沒有什麼特徵的門，我們在其中一扇前停下。上面沒有我房門上有的可愛裝飾，看起來很成熟。

桐生媽媽敲了那扇門。

「阿光，你朋友來了。」

不是朋友。但我側耳傾聽房間裡的動靜，沒有回話。

過了一會兒，裡面才有反應。

「…………誰啊？」

終於聽見的聲音很微弱，要是不認識桐生同學的話，可能會以為他生病了。但是我很清楚他在教室裡的樣子，知道這個聲音就是桐生同學。

「是我。」

我在桐生媽媽說出我的名字之前，搶先一步走到門前回答他。

我知道桐生同學立刻認出我來，因為裡面傳出慌亂的聲音。

到底在慌亂什麼啊，我又不是欺侮他的那些笨蛋男生。

「……為什麼？」

他的聲音聽起來像是打心底發出的疑問。

「我拿講義來了，還有我抄的上課筆記。」

桐生同學沒有回答，所以我就繼續說下去。

「聽著，桐生同學，我是你站在你這邊的，我從來就不是你的敵人，所以你可以放心來上學。」

「…………」

「桐生同學可能還搞不清楚，但我真的是你的夥伴。要是有討厭的事，仁美老師和我會跟你一起對抗的，但是桐生同學自己也要奮戰。因為人生就像是接力賽跑的第一棒，自己不動起來，就沒辦法開始。」

桐生同學還是跟平常一樣一言不發。

「我今天來，只是要跟你說這些。」

不知道自己是不是有把想說的話都說了，但我想重要的都已經表達出來，所以就靜靜等著桐生同學的回應。

我和桐生媽媽一直在門口等待。我覺得等了好久好久，但是在我變老之前，該來的終於來了，桐生同學回話了。

只不過終於出現的回答並不是接納了我。

「……………妳回去吧。」

我明白這句話的意思，吃了一驚。門內陸續傳出猶如攻擊的話聲。

「不要再來了。我不會再去學校了。」

我驚訝的不止是這些話的含意。桐生同學的聲音，感覺起來跟瞪著我的那個時候一模一樣，我很困惑。桐生媽媽站在我後面，她也很困惑吧。

「為什麼？」

我不由得把手放在門上，反問桐生同學。

「……………我不會奮戰的。」

就是這句話，這句話不好，這句話在我心裡放了一把火。

中午時種下的火種還沒熄滅，現在開始朝相反的方向燃燒起來。當下我應該已經忘記桐生媽媽就在我後面。
「不奮戰的話，又會被欺侮喔。」
「…………」
「畫畫的事，你爸爸的事。」
「…………」
「桐生同學根本沒有錯啊！是別人說的話不對。你得奮戰才行！」
我一定很不干心。不干心桐生同學被欺侮、不干心他不肯奮戰、更不干心的是，知道自己什麼忙也幫不上。
「不要。我不像小柳同學這麼堅強。」
桐生同學小聲地說。
「……你這傢伙！」
我不知道自己吸進了多少空氣，周圍的人可能都要窒息了。
「膽小鬼！」

我拼命大叫，同時也被自己的聲音嚇了一跳，但更令人驚訝的是桐生同學。

「你走啦！」

桐生同學大聲說話我之前就聽過了，但我驚訝的不是這個。

「討厭！大家都討厭！最討厭的就是小柳同學！」

桐生同學一定在哭，我卻不知道他在哭什麼。

要是平常的話，我一定會說男子漢大丈夫哭什麼哭。但我太驚訝了，說不出話來。

哭泣的桐生同學讓我驚訝，聽了他的話感到心裡一片漆黑，這也讓我驚訝。

我不能繼續待在這裡了。雖然知道這樣很沒禮貌，但我還是從書包裡拿出講義和筆記，往桐生同學媽媽的手裡一塞，然後逃也似地奔出桐生同學的家。

離開他家，我也不管在外面等候我的小朋友，自己跑到附近公園角落的長凳上坐下。

小美女莫名其妙地望著我，而我在她面前哭了。

那天，我沒見到馬蛋貨小姐或阿嬤。雖然離回家時間還早，但我覺得不能哭喪著臉去找她們。

## 8

第二天，正如桐生同學所說，他沒來學校。

我心裡仍舊殘留著昨天的黑暗，但還是設法來上學。因為我想要桐生同學來學校，那叫他來上學的我絕對不能不來。

但是桐生同學並沒來上學。

我心裡一片漆黑。我希望這片黑暗能設法離開我體內，但黑暗完全沒有減退。

好想離開學校，好想早點見到朋友，我只有這個希望。我想見到馬蚤貨小姐、阿嬤、斷尾美女。

對了，南姐姐上哪去了？

社會課的時候，我突然想起這位見不到面的朋友，又想哭了。所以午休的時候我躲到圖書室去，那裡有書本的氣味，我覺得收藏書籍寶箱的味道可以安慰我。

我的計畫多少算是成功了，雖然黑暗還在我心裡，但已經不再暴動，也不影響我控制眼淚的努力。

這樣的話，我應該可以控制黑暗直到放學後。接著，就可以跟平常一樣去馬蚤貨小姐家吃冰棒、去阿嬤家吃點心。

桐生同學的事情就忘記算了，討厭的事情就忘記算了。我是這麼想的，但只有很短暫的時間。

我找到了更好的方法來驅除心中黑暗。

那是在我走出圖書室的時候，看見他在我前方的走廊上，我毫不遲疑地在他背後叫住他。

「荻原同學，你好。」

我跟荻原同學打招呼讓他肩膀一抖，好像嚇了一大跳。

我等著荻原同學轉身，一面思考要跟他說什麼。我最近看了《我們的七日戰爭》，荻原同學看了什麼書呢？

班上可能只有一個人不討厭我，我希望能跟他聊聊天讓自己開心一點。只是希望這樣而已。

人生就跟感冒發燒一樣。

通常都比想像中難受得多。

我確實叫了荻原同學的名字，但是荻原同學卻沒有回頭，而且不僅不理會我，還加快腳步走向教室。

他可能沒有聽清楚吧，剛才嚇了一跳是有別的原因吧。我想著再度叫喚他。

「喏，荻原同學。」

「……」

他仍舊不回答，也沒有停下腳步。真奇怪，我又叫了一次。

「荻原同學？」

他還是沒有回頭。我在後面一直叫著荻原同學的名字，聲音越來越大，走到教室的時候，已經跟昨天桐生同學一樣大聲了。

「荻原同學！」

荻原同學完全不回應我，他坐在自己的位子上拿出教科書做準備。

我雖然是小孩，雖然是小學生，但也微微感覺得到，可是我不想承認。

然而，班上的男生們帶著惡意的笑容看著我，讓我知道我的願望無法成真。

無視——這個世界上最笨、最蠢的霸凌。

在此之前，我一直覺得這種事不用介意就好了，但是現在我的心被比剛才更加深沈的黑暗給覆蓋。

我的心沈到了谷底。因為我這麼正直的好人竟然被霸凌，以及荻原同學竟然也加入了笨蛋的行列。

這是我後來才知道的，所以跟現在的我並沒有關係。沒有證據就到處亂說那天在超市順手牽羊被捕的人是桐生爸爸，就是荻原同學本人。

但是現在的我完全不在乎，被這個世界、被荻原同學背叛的感覺讓我支離破碎。

那天，我完全不記得從那當下到去馬蚤貨小姐家之間發生了什麼事。

🐾

回過神來，真的是回過神來時，我已經在按馬蚤貨小姐家的門鈴了。

我不知道自己是怎麼走到這裡來的，斷尾美女也不在我腳邊。不知何時，我已經伸出手指在按門鈴。

「來了。」

裡面傳來馬蚤貨小姐睏倦柔和的聲音，我又按了一次。

過了一會兒，喀喳，門打開了。

我看見馬蚤貨小姐的臉，按了第二次。

馬蚤貨小姐看見我，什麼也沒問，只說：「進來吧。」我又按了第三次。

我脫了鞋子進屋，到房間角落坐下，抱著膝蓋，把臉埋進去。

雖然早就已經被看見，但自己可憐巴巴哭泣的樣子實在太不聰明了。我把身子縮成一個小小的三角形。

馬蚤貨小姐什麼也沒有問，只聽到冰箱打開的聲音，然後有什麼東西放在我旁邊的矮桌上。

「我今天看到覺得很稀奇，就買回來了。妳吃吧。」

我沒有看馬蚤貨小姐買了什麼，只一個勁兒搖頭。額頭在裙子上摩擦，發出沙沙的聲音。

我還是不說話。接著又聽到馬蚤貨小姐站起來的聲音，聞到咖啡的香味，兩者都是我喜歡的，但是我現在什麼也不想看。
心想，馬蚤貨小姐大概很驚訝，還可能生氣了，小孩子突然跑來家裡，只顧著哭，什麼話也不說，實在太沒禮貌了吧。
馬蚤貨小姐泡了咖啡，好像又在同樣的地方坐下，我們倆都很沈默，房裡只有空調的聲音。
但是我馬上又聽到別的聲音。
「幸～福～不會～走～過～來～所～以～要～自己～走過去～」
好美的歌聲，還是我唱不出來的聲音。馬蚤貨小姐的歌聲高音中夾雜著低音，簡直像是紅藍交織的美麗圖畫。
她可能是想給我打氣。雖然這麼想，但是我還是不願意唱歌，也唱不出來。
我仍舊保持沈默，先開口唱歌的馬蚤貨小姐突然說話了。
「幸福是什麼呢？」

馬蚤貨小姐不知道有沒有看見我耳朵動了一下，我把臉埋得更深了。

「我想過了。自從妹妹跟我提起之後，就一直在想。」

馬蚤貨小姐毫不介意地繼續說道。

「……………」

「今天，我知道答案了。」

我不由得抬起頭來，但是看見滿面笑容的馬蚤貨小姐，立刻又低下頭。

雖然不喜歡咖啡的味道，但香氣真是太好聞了。馬蚤貨小姐的香水和化妝品閃閃發光似的香味，還有馬蚤貨小姐找到的幸福答案，都讓我心癢難耐。

房間裡非常安靜，馬蚤貨小姐可能察覺到我的坐立不安，喝了一口咖啡，不等我詢問就繼續說下去。

「這就是我的答案。我覺得跟妹妹想的不一樣，但或許可以成為某種提示吧，所以還是跟妳說說。」

「幸福，就是可以真心為別人著想。」
馬蚤貨小姐沒有等我回答，她吸了一口氣，說道。
「…………」
「今天我去買東西，買了明天的早餐、飲料，洗髮精用完了所以也買了。這是非常普通平凡的日常生活。買麵包、買牛奶、買潤絲精，我心想都買齊了吧。然後我想起今天妹妹會來，得把點心買好。上次一起吃了什麼呢？這次要一起吃什麼，能讓妹妹高興就好了。我回過神來，發現自己一直在想妹妹的事。」
「……」
「我發現後大吃一驚。已經好久好久沒有認真替別人著想過了，也沒想過要讓什麼人高興，想跟什麼人在一起。我原本都已經放棄了。因為一直都沒有這樣的感受，所以我明白了，原來人在真心替別人著想的時候，心裡是如此地滿足。」

「…………」

「妹妹，討厭的事情、痛苦的事情我都放棄了。我成了這樣的大人。之前妳問我的時候我蒙混過去，但我其實並不幸福，因為我已經忘記幸福是什麼了。但是今天我終於想起來了，幸福是什麼。」

「…………」

「多虧了妹妹，我想起了幸福是什麼。謝謝妳。」

我聽見馬蚤貨小姐站了起來，地板吱嘎作響，她一走動，就會發出好像老鼠的哭聲。老鼠的聲音慢慢接近我，然後在我旁邊停下。馬蚤貨小姐坐在我旁邊，在這個距離，我能感受到她溫柔的體溫。

「我要說的話就到這裡結束，謝謝妳聽我說。大人說的話很無聊吧。妹妹能靜靜聽完，真是了不起。好了，為了感謝妳聽我說了無聊的話，我有回禮。」

馬蚤貨小姐漂亮的手指覆上我在膝上交握的雙手。

「我的回禮就是，要是妹妹有話要說，我隨時都可以聽，聽到什麼時候都可以喔。」

我以為自己又要哭了，但是我沒有。

馬蚤貨小姐的話讓我好高興，非常溫柔，但又不膩煩，我覺得我果然還是想成為這樣的大人。

而且馬蚤貨小姐還說多虧了我，她覺得幸福了。以朋友來說，還有比這更令人高興的事嗎？

既然非常高興，我覺得就算開心一下也沒關係，但卻做不到，因為我沒法相信馬蚤貨小姐對幸福的想法。

「我想過了。」

我進屋後第一次用沙啞的聲音說道。

「哎？」

「我努力想過了！但是沒有用！」

我不由得大叫起來。

這樣很對不起溫柔的馬蚤貨小姐，我真心地跟她說：「對不起。」但是並沒有為除了大聲之外的話道歉。

「我有好好、好好、好好想過，一直、一直、一直努力想，就照馬蚤貨小姐告訴我的那樣思考。我從來沒有這麼努力想過同班同學的事。但是人家根本不理我，人家說討厭我。這哪是幸福？」

「……這樣啊。」

「我絕對不要再跟別人扯上關係了。」

「那樣不行。」

我以為馬蚤貨小姐是在責備我。像學校的老師一樣，以大人的身分說友情和羈絆是這個世界上最重要的，而我竟然持反對意見，所以讓她生氣了。我很失望，因為這不是朋友對朋友說的話。

但是馬蚤貨小姐接下來的話，讓我知道她並不是在責備我。

馬蚤貨小姐緊緊握住我的手。

「會變成像我這樣的人喔。」

她以充滿悲傷的沈靜聲音說。我不知道馬蚤貨小姐的聲音裡為什麼充滿了無法隱藏的悲哀。

「所以那樣是不行的。」

「…………為什麼？」

我真心想知道。馬蚤貨小姐明明這麼完美，我覺得要是大人都跟馬蚤貨小姐這樣就好了。這樣的話，這個世界就都是聰明的人，而且充滿香氣，就算畫不出美麗的畫，世界看起來也會很美。

「我想成為像馬蚤貨小姐這樣的大人。要是能又聰明又溫柔又完美的話，在學校根本不需要朋友。」

我緊緊回握馬蚤貨小姐的手。

馬蚤貨小姐慢慢地、慢慢地，靜靜地嘆了一口氣。我不知道她為什麼嘆氣。

房間再度陷入只有空調聲音的空白時間。

過了一會兒，馬蚤貨小姐又開口了。

「我常常做一個夢。今天早上，我又做了相同的夢。」

「…………怎樣的夢？」

「一個小女生的夢。非常聰明的小女生，看了很多的書，知道很多知識，所以她覺得自己與眾不同，是個很特別的人。」

這是什麼故事？我還沒開口問，馬蚤貨小姐就嘆著氣繼續說著夢境。

「覺得自己特別的確很重要，但是那個孩子覺得自己很特別的想法錯了。她覺得周圍的人都是笨蛋，其實不是這樣的。那個孩子卻覺得因為聰明很特別，所以為了成為特別的人，只有聰明是唯一的手段。她以為那樣就能成為出色的人了。」

馬蚤貨小姐咳了幾聲。

「那個孩子可能很出色吧，但是沒人會喜歡把大家都當成傻瓜的人。那個孩子周圍的人越來越討厭她，糟糕的就是那個女生也覺得這樣正好。為什麼呢？因為這個女生討厭周圍的笨蛋小孩。不對，現在想起來也不是真的討厭，她只是沒法關心而已，沒法關心任何人。」

馬蚤貨小姐握著我的手。

「可能有人想瞭解那個女生也說不定，但是她完全沒有想過會有這樣的人，就這樣慢慢長大了。她封閉在自己的世界裡，把時間都花在變聰明這件事上。她相信只要這樣，有一天就會幸福。但是她錯了。」

我回握馬蚤貨小姐的手。

「那孩子長大成人以後，非常聰明，但就只是這樣而已。那個時候她才發現，自己周圍什麼也沒有。自己分明變成了出色的大人，周圍卻沒有人稱讚她。」

我心裡想著，這簡直就像是——

「那個孩子後來怎樣了？」

馬蚤貨小姐深吸了一口氣。

「我可以把後來的事全部跟妳說，但我想妹妹應該不知道我在說什麼。而且就算妳聽不懂，我也不會告訴妳是什麼意思，因為我不想告訴妳。如果是這樣的話，妳還要聽嗎？」

我點點頭，仍舊把臉埋在膝蓋上。

「嗯，那個孩子以為自己的人生沒有意義，她終於發現了。然後覺得反正一切都無所謂，就隨便對待自己的身體，隨便糟蹋自己的心，去危險的地方，做危險的事，讓自己遭遇危險。但是那個孩子並不討厭這樣，破壞自己的人生讓她覺得很爽快。分明是自己創造的，那孩子卻討厭自己的人生，不停地破壞破壞破壞，但還是需要錢，為了賺錢，又貶低了自己。等到驚覺時，就已經住在那裡了，當然住在那裡的人也有自重高尚的好人。環境和工作沒有錯，錯的是那個孩子。沒有自尊的孩子果然每一天都是破壞的日子。

但不管是怎樣的生活，總有習慣的一天。習慣了以後，就會再度驚覺破壞的那一切根本就沒有意義。於是，那個孩子就想結束這個人生。」

「…………」

正如馬蚤貨小姐所說，我不知道她說的話是什麼意思，雖然可以想像，但我心不在焉。

馬蚤貨小姐說的危險的事情、糟蹋自己的心什麼的，完全聽不懂。

我這種什麼都不懂的小孩只明白一件事，這一定是因為我看過很多書。

「那個孩子，就是馬蚤貨小姐吧。」

「…………」

「結束人生是什麼意思？」

我想知道那個孩子後來怎樣，所以這麼問。

「誰知道呢？」馬蚤貨小姐繼續說：「結果那個孩子沒有結束人生，所以不知道。想要結束的那一天，有個客人抱著小朋友來到那個孩子的家裡。

是個妹妹。」
我終於抬起頭望著馬蚤貨小姐的臉，滿是眼淚鼻涕的醜臉讓她看見了。我不知道自己為什麼會這樣，但我想看馬蚤貨小姐的臉。
馬蚤貨小姐跟平常一樣，溫柔地微笑。
「從那天開始，每一天都很愉快。因為之前都沒有朋友，這才發現要是早點喜歡上什麼人就好了。但是已經不能回到過去了。」
時間不能倒流。我想起南姐姐說過的話。
「我呢，很期待看見妹妹成長為什麼樣的人。但是我也很擔心。妳知道為什麼嗎？」
我搖頭。
「因為妹妹跟那個孩子一模一樣。所以妹妹不能走上跟那個孩子一樣的路，一定要幸福才行。不可以再說不想跟別人扯上關係。」
我一面思考馬蚤貨小姐話中的含意，一面再度握緊她的手。

我疑惑地握著她的手，覺得自己好像走進了迷宮。

我很聰明，所以明白馬蚤貨小姐話中的含意。但是就算瞭解含意，能不能做到又是另外的問題。

因為我今天本來已經決定再也不跟傷害我的人見面。而且就算我改變了想法，除了馬蚤貨小姐跟阿嬤以外，誰肯跟我做朋友呢？荻原同學和桐生同學都討厭我，就根本沒有別人了。

我還想再聽跟我很像的「那個孩子」的故事。

「那個孩子也喜歡看書吧？」

「嗯，對，跟妹妹一樣喔。非常喜歡書，成天都在看書。她曾經想過要寫書，但周圍沒有人看，不知何時就忘記了。」

「爸爸跟媽媽呢？」

「兩個人應該都健康快樂地生活著吧！已經好久沒見面了。之前有想著回家一趟，但是沒有按門鈴，想到見面就害怕。」

「沒有一起聊書的朋友、一起吃冰棒的朋友，也沒有尾巴很短的朋友嗎？」

「嗯，沒有。所以沒有人跟她說她搞錯了。」

「那有跟我一樣的口頭禪嗎？」

我沒禮貌的問題像大雨一樣不停落下，而馬蚤貨小姐一個個耐心地回答。我好高興，又繼續問下去。

「口頭禪啊。」

馬蚤貨小姐望向窗外，好像在努力回憶過去。

望著馬蚤貨小姐的臉，她用手指抵著額頭，為了我而努力思考。

「口頭禪。嗯，是有常掛在嘴上的話。為什麼一直都沒想起來啊。嗯，那個孩子的口頭禪是……咦……哎？」

馬蚤貨小姐望向窗外的視線回到我臉上，她眨了好幾次眼睛，然後眼皮像是要裂成好幾條似地把眼睛睜得大大的，嘴巴也張開了。

「怎麼了？」

「我……小時候的口頭禪，就是人生。」

馬蛋貨小姐非常驚訝，所以忘了像遊戲規則一樣說「那個孩子」，而我也吃了一驚。

「跟我一樣吔。」

馬蛋貨小姐嘴唇顫抖回想著。

「小時候我非常喜歡《花生》*3漫畫，看了日文翻譯版，裡面的主角查理說：『人生就跟冰淇淋一樣。』」

「非得學著舔不可……」

「對，就是這個。難道妹妹也是？」

我藉著驚訝的力量拼命點頭。

「我也最喜歡查理的台詞了。非常聰明有魅力的笑話。」

「真是，緣分啊……」

緣分，馬蛋貨小姐這麼說。不是命運或奇蹟，而是緣分。馬蛋貨小姐果然是出色的大人。

我知道緣這個字，跟綠這個漢字很像。生物死亡以後回歸塵土，上面長出綠色的花草，其他的生物靠吃花草為生，這種不可思議的聯繫就叫做緣分吧。我是這麼想的。要是這樣的話，我認識馬蛋貨小姐，果然是緣分沒錯。

我雙手合十，感謝緣分這個詞。當然合住我的是馬蛋貨小姐的手。

馬蛋貨小姐不用我說，好像也明白我的感覺，她微微一笑，包覆住我的手掌。

「果然妹妹不可以不跟任何人往來。跟別人往來，就能有這麼美好的體驗啊。」

我覺得或許是這樣沒錯。

---

＊註3：《花生》（Peanuts）美國報紙連環漫畫，作者是查爾斯・舒茲。以小狗史努比（Snoopy）和查理・布朗等幾位小學生為主要角色，小孩生活為題材，是漫畫發展史上首部多角色系列漫畫。

「因為有這種體驗，我也可能再一次，試著不放棄自己和別人。雖然或許已經太遲了也說不定。」

馬蚤貨小姐好像已經不再用「那個孩子」了。

「妹妹從今以後，一定會碰到很多比我好太多太多的人，只要不放棄喜歡別人，就一定可以幸福。」

「……真的嗎？」

「嗯，真的。」

馬蚤貨小姐說是真的，那就是真的吧。我喜歡馬蚤貨小姐，所以我相信她。

仁美老師告訴我，大人說的話也可能是謊言，但是就算如此，我也相信馬蚤貨小姐。所以我覺得，要是我能掙脫這片黑暗，能喜歡上什麼人，比方說同班同學的話，那幸福的人生或許就在等著我。

然而──

「但是…………已經沒有人肯跟我做朋友了。」

「沒有這種事。那個可以跟妳聊書的同學呢？」

我想起荻原同學的臉，光是想起來，我的心裡就一片漆黑。

「他不理我了。」

「這樣啊，我以為說討厭妳的人是他呢。」

「不是。說討厭我的，是之前提過不來上學的同學。我後來去了他家，但還是沒能讓他明白我是站在他那邊的。那個孩子比我想像中還要軟弱。我都這麼說了，他竟然說比起欺侮他的同學們，他最討厭的就是我。」

「這樣啊……那確實是妹妹不好。」

我完全沒想到馬蛋貨小姐會這樣回答，我連想要說的話都忘了。

為什麼？為什麼是我不好？我是要幫他啊。我心裡這麼想，但卻說不出口。

不知道馬蛋貨小姐明不明白我的想法，她摸著我的頭。

「我也不好，我給妹妹提示的方式不對。妹妹雖然很聰明，但跟我一樣，在人際關係上不怎麼開竅。」

馬蚤貨小姐壞心眼地嘻嘻笑起來。但馬蚤貨小姐說我跟她一樣，所以我並不生氣。

那馬蚤貨小姐要教我這個笨蛋什麼呢？我心裡想著。她接下來問的問題，卻跟剛才說的話完全沒有關係。

「營養午餐有妹妹討厭的東西嗎？」

我不知道馬蚤貨小姐為什麼在這個時候問這種問題，但是我不能不理會她的問題。

「我討厭納豆，有奇怪的味道。」

「啊——，我也討厭。」

「但是營養午餐不能剩下。」

「對對。納豆對身體好，不能不吃。所以呢，妹妹，要是妳正鼓起勇氣要吃納豆的時候，老師卻生氣地說：『快點吃掉！』的話，妳會有什麼感覺？」

「我的老師不會做這種事。但我不喜歡這樣，可能會生氣吧，然後就更不想吃納豆了。」

馬蚤貨小姐點點頭。

「對不去上學的同學來說，妹妹的舉動是不是也像那樣呢？」

「……………………」

我沒有經驗，也沒有聽人講過，但被雷擊中應該就是這種感覺吧。我真的這麼認為。

我的腦袋受到的衝擊比撞到牆壁還嚴重，手腳比七五三節*4一直跪坐的時候還要麻，心中的黑暗開始發出聲響。

---

*註4：日本習俗，七歲、五歲和三歲的兒童在每年十一月十五日到神社參拜，感謝神明庇佑。

「這樣啊，原來如此。」

我同時發現自己太過自以為是。

「他或許可能打算奮戰的。」

「嗯，或許是這樣。或許他真的是個膽小鬼，但要是那樣的話，他就不會對妹妹發脾氣了吧。不去上學的同學應該有話想跟妹妹說。他有話要說，而不是不理妳。」

馬蚤貨小姐果然比我聰明太多了，我完全沒想到這一點。我擅自認定他是軟弱的膽小鬼，絕對沒法奮戰；然而，他本來可能打算奮戰的。

「而且回嘴並不是奮戰唯一的方法。對他而言，奮戰可能是一面忍耐，一面繼續畫畫，等有一天要讓大家好看。」

我想起他不管如何被取笑，如何把畫藏起來，都不停止畫畫。

「這跟妹妹奮戰的方式可能不一樣，但妹妹跟不去上學的同學一定是一樣的。我也一樣，有後悔難過的時候。其實很討厭那樣，其實很想要有夥伴。他說討厭妳，一定也後悔了。妹妹雖然比其他孩子聰明，但是，其他的孩子也不是沒有想法的。」

這就是馬蚤貨小姐之前給我的提示——**大家都不同，但是大家也都一樣。**

「我該怎麼辦才好？」

「妹妹只要想想自己沮喪的時候，希望別人怎麼對妳就好。然後稍微配合一下不去上學的同學就完美了。妹妹在沮喪的時候，會希望別人因此而對妳發脾氣嗎？」

「不希望。我希望別人陪我，聽我說話，最後一起吃甜點或一起玩。」

「妳這麼想的話，就這麼做吧。」

我點頭，但我還有一件擔心的事。

「要是他真的討厭我，怎麼辦？」

我這麼說。馬蚤貨小姐再度伸手摸我的頭。

「我想不會的。但要是真的這樣的話，我會安慰妳，然後我們再一起想接下來該怎麼辦。」

「…………」

「沒問題的。妹妹很勇敢，不是嗎？」

馬蚤貨小姐說著拍了一下我的背。這一拍跟我之前在電視上看到用腳踢發動機車引擎很像，馬蚤貨小姐手掌的力量，發動了我身體裡的引擎。

「說得也是，我試試看。我說過了。」

「說了什麼？」

「自己不行動就無法開始。這是我跟桐生同學說的，所以我會試試看。馬蚤貨小姐……」

我沒再說下去，不是因為有人用手掩住我的嘴，也不是喝了苦的東西無法發出聲音。

「馬蚤貨小姐？」

因為我看見馬蚤貨小姐的臉色變了。

在那一瞬間，房裡似乎有風吹過。

馬蚤貨小姐滿臉驚訝，但是程度跟剛才完全不同，要是拿什麼來比喻的話，對了，就像是完全忘了誰跟誰的口頭禪一樣、就像是同時看見外星人和魔法師和地底人一樣、簡直像是被雷擊中一樣的那種表情。我在某處見過這種表情。

「怎麼了？」

我問道。馬蚤貨小姐看著我的樣子，好像是我變成了怪物。

「桐生，同學……？」

她非常勉強地從喉嚨深處擠出一句話來。

「嗯，對，畫畫的桐生同學。」

我這句話一說出口，馬蚤貨小姐就露出好像我的話變成了一大把鮮花似的表情；就像我在電視上看到收下一大把花束，接受求婚的女人的表情。

「怎麼了？」

我又問了一次，但是馬蚤貨小姐沒有回答我的問題。

「妳難道是……奈乃花？」

「嗯。」

這個理所當然的問題我自然點頭。

馬蚤貨小姐仍舊滿臉驚訝，突然她的眼睛裡充滿了淚水。大人的眼淚不會嚇到小孩的，但我嚇了一跳。馬蚤貨小姐為什麼哭，我完全摸不著頭腦。

「這樣啊……」

馬蚤貨小姐好像明白了什麼，我不知道這是什麼意思，所以馬蚤貨小姐接下來的動作也讓我很困惑。

她沒有握我的手，也沒有摸我的頭，反而流下一滴眼淚，緊緊抱住我。

被喜歡的人抱住，我很高興，但也嚇了一跳。不久之前，我才在屋頂上被嚇過。

馬蚤貨小姐抱著我哭了起來，跟小孩一樣。

「怎麼啦，喏，馬蚤貨小姐，怎麼啦？」

馬蚤貨小姐不回答我，只在我耳邊反覆地說：「原來如此。」「為什麼，為什麼。」「真是難以置信。」

然後她還說了：「對不起，對不起，對不起。」

馬蚤貨小姐有什麼好跟我道歉的啊。她又溫柔、又聰明，還教了我好多事情，給我提示、給我甜點，總讓我覺得好高興、好幸福。

馬蚤貨小姐最棒了，我想不出來她有什麼好跟我道歉的。

但是她一直哭一直哭，一直道歉，即使馬蚤貨小姐一點一點告訴我理由，但我還是不明白。

「對不起，對不起，我說我不幸福。」

「……………」

「我變成這種人。」

「…………」

「讓妳叫我馬蚤貨小姐。」

「…………」

「真的對不起……………奈乃花。」

馬蚤貨小姐叫著我的名字，又緊緊抱住我。我有點難受「嗚」地叫了一聲，但她還是不肯放開我。

就在此時，我發現一件奇怪的事，同時我又發現了另外一件奇怪的事。

我很聰明，所以記姓很好。馬蚤貨小姐已經叫了兩次我的名字，那個時候，南姐姐也叫了我的名字，但是我不知怎地，隱約記得自己應該是忘了把名字告訴南姐姐和馬蚤貨小姐才是。

為什麼南姐姐和馬蚤貨小姐會知道我的名字呢？為什麼我一直沒有告訴馬蚤貨小姐我叫什麼名字呢？這兩件奇怪的事一直在我腦中盤旋。

奇怪的事情就問聰明的馬蚤貨小姐好了。我在哭泣的馬蚤貨小姐耳邊，把這些奇怪的事全告訴了她。

馬蚤貨小姐放開我，面對著我坐好，她的臉上都是眼淚和鼻水。大家哭起來都一個樣子呢，我心想。

「沒有什麼奇怪的。我現在終於明白了，妹妹為什麼那天會來找我？為什麼認識了我？」

哪有不奇怪的事情啊？奇怪的事情果然奇怪。我把頭歪到一邊，馬蚤貨小姐哭著露出笑容，豎起右手食指。

「聽好了，妹妹，人生就跟布丁一樣。」

「有人喜歡吃苦的部分？」

「不對。」

馬蚤貨小姐的頭髮左右搖晃。

「人生可能有苦的部分，但是容器裡也裝滿了甜蜜幸福的時間，人就是為了品味那個部分才出生的。謝謝妳，多虧了妹妹，我終於想起來了。」

「想起什麼？」

「跟苦的咖啡和酒比起來，我其實更喜歡甜的點心。我不會忘記了。」

馬蚤貨小姐又緊緊抱住我。不知道馬蚤貨小姐為什麼要一直抱我，但我已經不在乎了，因為被馬蚤貨小姐抱著，對我來說，絕對是人生最甜蜜的部分。

馬蚤貨小姐終於停止哭泣，我問她為什麼哭，她還是不肯告訴我。

「總有一天妳會自己明白的。」

馬蚤貨小姐神秘地說著，接著，她將為我買的珍貴甜點交給我。

「非常適合妹妹。」

她給我的布丁沒有黑色的部分，容器裡全部都是甜蜜的黃色部分。我一面吃，一面享受著幸福的滋味。

我們倆一邊吃著布丁，一邊跟平常一樣下黑白棋。勝負也跟平常一樣，但我總有一天會變強的。

回家之前，我再度握住馬蚤貨小姐的手，讓她給我面對明天的勇氣。
「一定沒問題的。」
馬蚤貨小姐也緊緊握住我的手，然後抱住我說道。所以我也覺得一定沒問題的。
我穿上鞋子，正要走出大門，馬蚤貨小姐「啊」了一聲，好像想起了什麼。
「怎麼了？」
「沒事，我只是想到阿嬤現在是不是很幸福呢？」
我想起之前跟阿嬤的對話。
「嗯，她說她很幸福。」
「那太好了。」
聽到我的回答，馬蚤貨小姐很高興地笑了。
「再見了，妹妹。」

然後她揮著手，跟往常一樣地道別。

「嗯，我會再來的。」

馬蚤貨小姐家的門關上了，我看見腳邊的黑影。

「我沒忘記妳。小孩也有很多事情要忙的。」

「喵～」

她可能是擔心我才來的吧。她雖然是個壞女孩，但壞女孩多半是好女孩，之前我看的美國電影裡這麼說。

壞就是好。我雖然不明白這是什麼意思，但說的一定是斷尾美女這樣的女生吧。

兩個小孩離開乳白色的建築，走上初次碰面的堤防。

**人生充滿了幸福。**

我在心中反覆說著這句話。

# 9

那天天氣晴朗，我跟往常一樣從家裡出來，但並沒跟往常一樣去學校。我是好孩子，不會說謊。所以那天早上我跟媽媽說我出門了，但我沒有說我要去哪裡。這就叫做聰明。

當然我有比去學校更重要的事，所以才沒去上學。

老實說，我覺得從今以後似乎都沒有必要去學校了。功課讓馬蚤貨小姐教我就好；沒有營養午餐可吃，就吃阿嬤的點心忍耐過去就好；偶爾寫信給仁美老師。說是義務教育，非去上小學不可，但沒有必要的時候又怎樣呢？

這麼說來，之前我看電影時知道了有跳級這種事。我很聰明，搞不好可以跳級。不對，馬蚤貨小姐說變聰明並不是一切。既然我去學校是為了變聰明，那現在不管什麼學校可能都沒必要了。

我思考著這些問題，不知不覺，就到了目的地。
今天我毫不遲疑地沒去上學，而選擇到這裡來。
今天跟之前來的時候不一樣。首先，我沒帶小朋友一起來，而且現在還是上午；然後最大的不同就是，我已經完全沒有責備他的意思。
我跟上次來的時候一樣，按了好幾次門鈴，過了一會兒之後，聽到的聲音也跟上次一樣，是一個沒什麼精神的女人的聲音。上次我精神飽滿地跟那個聲音打招呼，但這次我在打招呼之前，還有別的話要說。
我誠心誠意地說話，希望對方能理解。
「我是桐生的同班同學小柳奈乃花，上次真是非常抱歉。」
雖然對方看不見，我還是低下頭。道歉跟道謝的時候，必須全心全意，不管你聰明還是不聰明都一樣。
「請等一下喔。」
我的心意應該有傳遞給桐生媽媽了吧，她用跟上次一樣溫柔的聲音回應。

桐生媽媽走出來，我再度對她低下頭。

「早安，上次非常抱歉。」

我這句話是認真的，就跟上次說桐生同學是膽小鬼一樣認真。

「早安。沒關係的，小柳同學不必道歉。」

桐生媽媽搖頭。但不是她說的那樣，我有很多必須道歉的地方。

「上次來的時候，我沒有好好打招呼就走了，還跟桐生同學說了那樣的話，非常抱歉。」

「沒有關係，該道歉的是阿光。小柳同學特地過來，他還關在房間裡。小柳同學送來的講義寫得非常詳細，我有交給阿光。今天妳是在上學的路上先繞過來的吧。」

桐生媽媽好像真的原諒了我的沒禮貌，但是溫柔的媽媽說的有點不對，我解釋了我今天過來的理由。

「我有話要跟桐生同學說，所以才過來的。不是要說我是他的夥伴、要他反抗啦、要他去上學之類的。是更重要的話。」

「重要的話？」

桐生媽媽很溫柔，但我說我有話要跟桐生同學說的時候，她雖然沒有說什麼，表情卻像故事書裡的城堡守衛一樣。也就是說，她在提防我。這是理所當然的，上次我不懂失禮，而且還傷害了桐生同學。

但是，要是因為這樣就放棄了的話，我就不會來這裡了，今天不管怎樣都要見到桐生同學，跟他說話。

為了讓他原諒我，我能做的事只有一件——就是老實地說出我為什麼要來這裡、我想說什麼、為什麼這麼想，以及接下來要怎樣，我只能毫無虛假地說出這一切。

帶狗散步的人和跟我一樣要去上學的小學生經過門口，而我認真地跟桐生媽媽解釋，希望她能明白。

**我相信只要你真心誠意，對方就一定能夠瞭解。**所以我說的「膽小鬼」是什麼意思，桐生同學一定能明白。

我也很不安，但是我的心意好像確實傳達給桐生媽媽了，她跟上次一樣讓我進去屋裡。

但跟上次不一樣的是，桐生媽媽眼睛濕了。我不知道為什麼，我雖然很聰明，但大人的眼淚還是讓我想不通，而且大部分時候就算發問，他們也不肯回答。桐生媽媽、馬蚤貨小姐、南姐姐都一樣。

我在桐生同學的家裡，跟上次一樣得到柳橙汁招待，我只喝了一口，就上了二樓。我沒有要桐生媽媽跟我上去，因為我覺得沒有必要，桐生媽媽也說這樣可能比較好。

我在爬樓梯的時候，幾乎完全不緊張，上次來的時候反而緊張得要命，今天的感覺簡直就像上二樓去馬蚤貨小姐家一樣。

我的每一步都通往一個目的，或許是通往幸福也說不定。

但是馬蚤貨小姐說：**真心為別人著想就是幸福**。

我在人際關係上並不聰明，這點我很明白，所以我沒辦法喜歡所有人，替所有人著想。我就只能替一個人著想了。

這麼做而來到這裡的我，一定很幸福吧。我開始唱歌。

「幸福～不會走過來～所～以～要～自己走過去～」

沒有人跟我一起唱，斷尾美女、馬蚤貨小姐、南姐姐跟阿嬤都不在。一個人唱歌也不錯，但還是有人跟妳一起唱會比較開心。所以我一定要找人跟我一起唱。

我站在門口，咚咚地敲門，裡面的人已經知道敲門的不是媽媽。

「桐生同學，你好。我想先說一句話。上次對不起了。」

我在門口鞠躬道歉，當然對方看不見，桐生同學也沒有答話。

「我真的想跟桐生同學道歉，但這並不是我今天來這裡的目的，我有更重要、更重要的話要說。」

我把書包放在地坂上，靠著面對門的牆壁坐下，然後我從書包裡拿出一本筆記本。我每一個科目都用一本筆記本，數學有數學筆記本，理科有理科筆記本，現在我拿出來的是國語的筆記本。

我還沒有聽到桐生同學的聲音。

「好了，桐生同學，我們來討論吧。」

我翻開筆記本，上面記錄著在此之前我跟桐生同學討論的內容。

「問題：幸福是什麼？」

沒錯。今天我要說的不是要他去上學，或是敵人跟夥伴，或是有沒有勇氣，而只是要跟桐生同學討論幸福。

要是問我為什麼的話，我一定會這麼回答——**我覺得幸福是要跟朋友和夥伴一起，才能找到的。**

馬蚤貨小姐為我著想而覺得幸福；我跟馬蚤貨小姐在一起而覺得幸福；南姐姐答應我要幸福；我看了南姐姐的故事覺得幸福；阿嬤說我去找她讓她

覺得很幸福；我吃阿嬤做的點心，跟她講我看的故事，覺得很幸福。

所以，我也想跟桐生同學一起找到幸福，我覺得這表示我們應該成為夥伴。

剛好桐生同學跟我一組，討論所需要的材料不在我家的冰箱裡，都已經在我的筆記本上了。

「那我們先開始複習吧。在此之前我們對幸福的討論，最初說過我們什麼時候感到幸福。把冰淇淋放在餅乾上吃的時候、吃阿嬤做的點心的時候、吃媽媽做的點心的時候、看書的時候、跟朋友一起唱歌的時候、晚餐是漢堡的時候、爸爸跟媽媽提早回家的時候、家人一起旅行的時候、選喜歡的冰淇淋的時候。」

我故意漏說了筆記本上的一項。

「接下來的那堂課，討論的是覺得不幸福的時候。看見蟑螂的時候、營養午餐有納豆的時候、桐生同學說有海帶芽沙拉的時候。但是我反對，海帶芽明明很好吃。」

桐生同學的房間裡沒有傳出任何聲音。

「說了幾件不幸福的事之後，我們還聊了一些別的。不幸福的意思就是幸福的相反，那要是發生了不幸福的相反的事，就是幸福嗎？但結論並不是這樣。光是營養午餐沒有納豆並不會讓人感到幸福，桐生同學也說了，光是沒有海帶芽沙拉並不覺得幸福，起碼要有炸雞才行。」

桐生同學沒有說話。

「在那之後又上了幾次課，然後是教學觀摩。我在發表的時候說，幸福就是爸爸媽媽都來了。我那時的感受不是假的，但光是那樣還是不能解釋幸福是什麼。桐生同學的發表，也不是真心的吧？」

「……………」

「因為教學觀摩之後的檢討會，我們討論了為什麼自己覺得發表的內容是幸福的時候，桐生同學說不出來。但我現在並不是想討論桐生同學說謊的事，所以我們繼續下去吧。」

「……………………」

「那接下來，就是桐生同學不來上學之後的事了。仁美老師代替你跟我一組，我們繼續討論。雖然跟桐生同學在的時候沒有什麼不一樣，但這次我在感到幸福的時候，開始想自己為什麼會覺得幸福。我……」

「為什麼？」

桐生同學的聲音毫無預兆地傳到我耳裡，打斷了我的話。他的聲音小到要是我的耳朵不好的話，肯定聽不見的地步。

我並不驚訝。桐生同學很溫柔，他一定做不出不理我這種惡劣的事，我很清楚。

「什麼為什麼？為什麼跟仁美老師一組嗎？因為我們班上人數是偶數啊。幸好除了桐生同學之外沒人請假。」

「…………不是。」

桐生同學停了許久才回答，我想他應該深呼吸了好幾次。為了在心中製造空隙，深呼吸是必要的。

不對。我一直在等這兩個字的後續，好像可以聽到桐生同學在門後靜靜的呼吸聲。

再說一次，桐生同學很溫柔，所以只要等下去，相信他一定會回答的。

「……不是，仁美老師…………小柳同學，」

看吧。

「我？」

我把頭歪向一邊，桐生同學隔著門搞不好看得見。就算其他人看不見，我覺得要是桐生同學的話，或許看得見。

「為什麼…………」

「嗯。」

「……小柳同學，為什麼又來了？」

原來如此，我拍了一下手。

「所以是你說了叫我不要來，我為什麼又來了？」

「…………嗯。」

「要是你不高興的話，那我立刻就走。」

桐生同學沒有回答。

「…………為什麼？」

他只又說了同樣的話。

「嗯。」

「…………為什麼，」

「嗯。」

「一定要管我？」

桐生同學的聲音，跟剛才問我為什麼來這裡的時候不一樣。剛才的為什麼是想知道答案的為什麼，這次的為什麼是真的不知道為什麼的為什麼。

對桐生同學來說，這兩個問題大不相同吧，重要性也是。

但是這種事情跟我無關，因為兩個問題我都已經有答案了。

「那很簡單啊。因為我決定要來，我決定要管。」

「…………哎，不是，」

「還有就是我喜歡桐生同學的畫。」

我覺得桐生同學好像在門後屏住氣息。他不會死了吧，我繼續說下去。

「我覺得能做我辦不到的事的人很厲害。阿嬤會做點心、南姐姐會寫好棒的故事、桐生同學會畫畫，現在的我全都不會，所以我覺得好厲害。因此，我總是說桐生同學很厲害啊。」

我已經不會再強迫他讓別人看了。要是桐生同學不願意，就算強迫他這麼做，也不會有人開心的。

「南姐姐是我的朋友，我已經好一陣子沒見到她就是了。」

「…………妳有朋友啊。」

隔了好長一段時間，聽到的聲音竟然是說這種話，我不由得嘟起嘴來。雖然沒有生氣，但有人說了沒禮貌的話，還是應該提醒一下。

「你說什麼，我也有朋友的啊，而且是非常好的朋友呢。」

「這樣啊。」

對喔，我點頭。

就在這個時候——

「……啊！」

桐生同學的房間裡傳來好大的聲音。是蟑螂跑出來了嗎？我覺得一定是他說話刻薄的報應，我嘻嘻笑了起來。桐生同學慌忙地用跟平常不一樣的口氣，很快地在房間裡叫我。要是他要我幫忙打蟑螂我可不要，但看來不是這麼回事。

「小、小柳同學，妳不去上學嗎？」

「……啊，原來如此。時間已經到了。」

我沒有手錶，也沒有手機，所以我不知道時間過了多久。

「妳會，遲到喔？」

「沒關係，不去上學也無所謂。」

桐生同學好像很驚訝。這也是理所當然吧，認真又聰明的我竟然會說這種話。

桐生同學又驚慌起來。

「去、去上學比較好吧……」

「桐生同學就沒有去啊。沒關係的，我有更重要的事。班上同學之前也因為去參加親戚的婚禮請過假。」

「……什麼，更重要的事……」

「跟桐生同學一起找出幸福是什麼。」

沒錯。這對現在的我來說，比去上學重要得多了。

我想成為桐生同學的夥伴。

我一開始以為這是因為仁美老師的要求，但是我思考過後發現並不是。原來我一直都這麼希望著，從一開始就是這樣沒有變過。

比起班上那些完全不關心有人沒來學校的冷漠同學，我更想成為溫柔的桐生同學的夥伴，他在我因為沒有人來參加教學觀摩而心情不好的時候安慰我。只是這樣而已。

我雖然說討厭，但我還是想當沒有無視我、溫柔的桐生同學的夥伴。只是這樣而已。

要說有什麼改變，應該就是我的作法吧。在此之前我表達的方式是替桐生同學吵架，但現在我想跟桐生同學一起找出幸福是什麼，我發現這樣比較有趣。

所以我不想討論上學的時間，我想繼續討論幸福是什麼。

「喏，我想再問一次。桐生同學的幸福是什麼？」

「小、小柳同學……」

桐生同學好像不知如何是好。

一定是因為我不叫他膽小鬼了。桐生同學突然開始大叫的時候我也很驚訝，就像荻原同學不理我嚇了我一跳一樣。

「我想聽聽桐生同學現在的想法。」

「小柳同學……妳還是去上學比較好。」

「我說了沒關係的。喏，桐生同學的幸福是什麼？」

「小柳同學不去上學是不行的……」

「我不去上學不行，桐生同學不去就可以，這太奇怪了吧。所以沒問題的。對了，我先說吧。這不是我的想法，是我重要的朋友說的。幸福就是──」

「我不會去學校的。」

「煩死了！都說了我不去了！」

我不由得大聲叫起來。

這樣不行。雖然心裡這麼想，但已經說出口的話收不回去了。

「對不起。」

我立刻道歉。

然後我發現了，發現之後我決定了——朋友或是夥伴的意思，一定就是除了為對方好之外，其他的事都不隱藏。因此，我決定要老實對他說出自己現在的心情。

「對不起。我一直沒有說，我現在被班上同學排擠了。」

「咦…………」

「你知道吧，我在班上本來就沒有朋友。但有可以說話的人，跟人打招呼大家也會回應，現在卻沒人要理我。」

講自己難受經驗的感覺，跟實際經歷的時候一樣難受，但藉著深呼吸又能在心中創造出空隙，感覺很不可思議。

「我不想去都是那種小孩的地方，跟桐生同學解決難題有趣多了。」

話說到一半，我發現了一件非常非常重要的事。

「我打算以後都要到這裡來，所以教我畫畫吧。再怎麼去上學也沒辦法學會像桐生同學這樣畫畫。」

這是我剛才的發現。

「對了，這樣的話，我也該教你一點什麼。人生就像隔壁的座位喔。」

「…………」

「沒帶課本的話，就得一起看。而且呢，既然每天都要見面，隔壁不是討厭的傢伙比較好。」

想要夥伴的人是我。

「……我……………」

「嗯，什麼？」

過了好一會兒，桐生同學的聲音傳來，他的聲音本來就不大，現在又更小聲了。

「……我希望小柳同學教我，要怎樣才能變得跟妳一樣。」

就算桐生同學的聲音跟開花的聲音一樣小，我也聽得見。

他為什麼想學這個？害我覺得掃興。

「不用變得跟我一樣啊。要是跟我一樣的話，桐生同學就畫不出好看的畫了。我媽媽看見我畫的獅子，說是太陽的塔呢，真討厭。」

「……………」

「所以，要是能用魔法變成別人的話，一定要選自己喔。知道嗎？」

桐生同學什麼也沒有說。過了好長一段沈靜的時間，他用稍微大了一點的聲音，說了別的話。

「…………小柳同學還是去上學比較好。」

桐生同學出乎意料的話讓我吃了一驚，他竟然會一直堅持反對我已經下的決定，我不知道他能這麼強勢。

我當然很在意。

「為什麼啊？平常我在課堂上不管說什麼你都不反對的，今天卻一直堅持，難道你也討厭我，要加入不理我的那些人裡面？」

我是開玩笑的，我能想像桐生同學隔著牆壁慌忙搖頭的樣子。但是桐生同學卻一直沒有回答，讓我非常不安。

上一次來這裡的時候，桐生同學對我說的話好像需要空氣似地，從我心底慢慢浮上來。要是那句話獲得了空氣，我的心又會被討厭的黑暗佔據，勇氣就會變成被蜘蛛網捕獲的蝴蝶一樣吧。

在事情變成這樣之前，我得提醒自己桐生同學並不是真的討厭我。要是他討厭我的話，就不會跟我說這些了。沒錯，那只是桐生同學不由自主地張開嘴巴而已。

所以我想再問桐生同學一次，希望他回答，但是桐生同學阻止了我。

人生就跟顏色漂亮的點心一樣。

不知道是怎麼做出來的。

桐生同學仍舊什麼也沒說，但他的心意和行動阻止了我的聲音，讓我心裡的惡魔還沈在海底。

我聽到了開鎖的聲音，然後清楚地看見圓形的門把慢慢轉動。

房間裡的窗戶可能開著吧，一陣風迎面吹起了我的瀏海，我不由自主地閉上了眼睛。

當我睜開眼睛的時候，桐生同學出現在我面前，他身後有很多紙張被風吹得到處飛。我看著他的臉，心想他頭髮長長了吔，屋裡有張紙飛過來蓋在我臉上。

我喘不過起來，慌忙把臉上的紙拿下來，看見那張紙，我的笑容一定不輸給馬蚤貨小姐吧。

但是開門的桐生同學卻和我相反，他蹲在門口，臉上的表情非常哀傷，眼睛都可能濕了也說不定。

「怎麼啦？」

我品味著再次見面的喜悅，開口問道。

「對、對不起。」

桐生同學回了我完全無法理解的話。

最近常常有人跟我道歉，而我真正想要他們道歉的人卻都沒來道歉。

「為什麼要道歉？」

是因為上次說討厭我嗎？要說我不介意是騙人的，但我也說他是膽小鬼，我們扯平了。

桐生同學望著我的眼睛。

「我、我的……」

「桐生同學的？」

「是我的錯，害小柳同學被排擠了吧？」

「不是這樣的啦。」

我立刻搖頭。

「不是桐生同學的錯。班上的同學太笨了，他們是非不分。」

「但是、是真的啊。」

桐生同學流著眼淚，望著我的眼睛。這種事最近也常常發生。

「什麼是真的？」

「我爸爸、是小偷……」

「……」

嗯，桐生同學說的我知道。

即便如此，我還是搖頭。這對桐生同學來說，是多麼難受的事啊。我試著想像，但我雖然盡力想像，可能也無法觸及，也不知要想像到什麼地步才能明白。

即便這樣，我還是坦然搖頭。

「就算這樣又如何。」

我望著桐生同學的眼睛，對他解釋，因為他搞錯了。

「就算桐生爸爸做了不該做的事，他對我非常客氣的事實也不會改變，他比我們每天見面的班上同學好多了。這絕對不是他們排擠我的原因，也不是我不去上學的原因。當然也不應該因為這件事說桐生同學的壞話，因為桐生爸爸並不夾在我們中間啊。」

沒錯，在此之前發生的各種壞事，都不是桐生同學的錯。

「是那些不明事理的人不對，不光是我們班上同學。我不去上學是他們的錯。」

所以桐生同學不必難過，不必哭的。我的意思是這樣。

但人生果然就像坐上旋轉咖啡杯一樣，前進的方向可能跟自己想去的方向相反也說不定。

桐生同學非但沒有停止哭泣，反而眼淚滴答流個不停。一定是因為我說的話，但是我說的話到底哪裡讓桐生同學難過了，我不明白。

因為不知道說什麼讓他難過，所以也不知道說什麼才能讓他不難過。我只好一步一步地走向桐生同學，把手放在他貼在地上的手上。因為馬蚤貨小姐每次這麼做，我就會鎮定下來了。

桐生同學面露驚訝之色，但是立刻跟我那時一樣，緊緊地回握我的手。

我本來打算一直握著桐生同學的手，等他停止哭泣，但卻沒法這麼做。桐生同學一直在哭，一面哭，一面說出我完全想像不到的話。

「小柳同學……我們一起……去上學吧？」

「啊？」

桐生同學頑固地一直說要去上學，我不由得發出驚愕的聲音。

看見眼前的桐生同學嚇了一跳，我心想這樣可不行，馬上收起驚愕的表情，然後發覺了一件事。

「你剛才說，一起嗎？」

「……嗯。」

被桐生同學緊緊握著的手有點痛，但我在驚訝之下忘了痛楚。

「為什麼？」

我打心底的疑問讓桐生同學的嘴唇抽搐，他一定是在尋找能確切表達心意的言辭吧。我明白他的想法，所以可以一直等待。

「我……說謊了。」

最後他終於開口。

「我說了謊，搞不好，又會被取笑，我害怕。我跟仁美老師說謊了。所以我想去道歉，跟她說實話。」

桐生同學的眼淚流個不停，但是我沒有見過他比現在更堅強的眼神。我不知道桐生同學的眼神能這麼有勇氣，非常想知道他的理由。

「什麼實話？」

「……幸福是什麼？」

就在此時，我腦中浮現一個場面，聲音和畫面都非常鮮明。不是桐生同學說話的場面，而是我只讓桐生同學聽到我說的話的場面。

就在教學觀摩的那一天，我說了一句話：**膽小鬼**。

果然是謊話。雖然明白，但我心裡並不難過，也不驚訝。

「其他的人都無所謂。但是我要跟仁美老師，和小柳同學道歉。」

我真的很高興。

「……對了，你還有另外一件事要跟仁美老師道歉的。」

「……咦？」

「仁美老師來找桐生同學卻沒見到面，心裡很難過。雖然這可能是我的錯也說不定。仁美老師要我跟你說，老師會一直等桐生同學的。」

上次我來時候馬上就回去了，所以忘記跟他說。

桐生同學聽了我的話，眼淚流得更厲害，眼中的光芒仍舊沒有改變。

「……我想見仁美老師。」

我也一樣。

「但是，沒關係嗎？」

「…………」

「那些取笑桐生同學的笨蛋小孩，都在學校喔。」

而且還排擠著我喔。

在此之前，我覺得桐生同學應該要跟他們對抗，但是馬蛋貨小姐說桐生同學的奮戰方式可能不是那樣。就在剛才我親眼確認了。

桐生同學聽了我的話，肩膀微微震動，但是他立刻直直地望著我的眼睛，自己拿掉了肩膀上惡魔的披風。

「雖然我很討厭那樣，但是我覺得，應該沒問題。」

「…………」

「要是小柳同學肯站在我這邊，被取笑什麼的，都沒關係。」

「…………」

我不知道為什麼，真的不知道為什麼，在那個時候，因為鬆了一口氣而想哭泣。

人本來是難過的時候才會哭的啊，但當我終於發現桐生同學說討厭我是謊話時，卻鬆了一口氣到幾乎想哭出來。

不過，我並沒有流下眼淚，既然不難過，那麼哭出來不是很奇怪嗎？

我只是迎向桐生同學的視線，用力地點頭。

「嗯，我從來就不是桐生同學的敵人啊。」

桐生同學又流下兩滴淚珠。真是不可思議，桐生同學流淚的原因，讓我有種奇怪的感覺。

「…………我也覺得小柳同學還是去上學比較好。」

桐生同學又緊握著我的手說道。

「為什麼？」

我終於可以問他今天為什麼一直如此堅持的理由了。

「小柳同學跟我不一樣，頭腦聰明，功課也好，又很堅強，將來一定會出人頭地的……所以不能跟我一樣不去上學。」

被人稱讚我很開心，但是桐生同學說了比稱讚更讓我開心的話。

「所以，一起去上學吧……因為我也是小柳同學的夥伴。」

啊啊，真是的，此時的心情我不管過多久，也沒法好好地用言詞表達出來吧。

就算我跟南姐姐一樣大、跟馬蚤貨小姐一樣大、跟阿嬤年紀一樣大的時候，也一定一定一定，沒辦法用言語來形容此時心裡的感受和滋味。

沒有半個污點，但也不是全白，在此之前，這個世界有沒有這種顏色都不可知。都搞不清楚，說不定這種新的顏色此時才出現在這個世界上。我的心裡充滿了這種美妙的色彩。

我沒法說明這是什麼顏色，只好說了跟往常一樣的話。

人生就像是我的夥伴一樣。

「只要阿光在就夠了。」

「…………咦？」

「沒什麼，沒事。既然桐生同學這麼說，那我就陪你去上學吧。桐生同學會當我的夥伴吧。」

桐生同學還在哭，但他滿是淚水的臉上慢慢出現了笑容，我真的很久沒有看見他的笑臉了。

看見夥伴的笑臉，真的讓人非常愉快，所以我也高興地笑了，然後桐生同學又笑起來。

「既然決定了就快點準備吧！我們遲到好久了！」

桐生同學慌忙用袖子擦眼淚，站起來關上房門，一定是要脫掉睡衣換制服吧。

我做好準備，等桐生同學一出來就可以馬上出發。原本打算靜靜地等他，但又想該去跟桐生媽媽說我們要去上學了，要是她打電話給學校的話，我們說不定可以不算遲到。

我跟門後的桐生同學說了一聲，然後經過走廊下樓到一樓，但我在樓梯轉角處就發出了一點都不可愛的尖叫聲。

「呀——」

我驚訝地一屁股坐在地上。桐生媽媽在我面前，縮成一團躲在樓梯上哭泣。

最近大家都在哭呢。難道是流行嗎？還是跟打呵欠一樣會傳染？我坐在地上，心裡這麼想著。

剛才被桐生同學緊緊握住的手，這次被桐生媽媽給握住了。

「小柳同學，謝謝妳。」

我覺得桐生媽媽搞不好很久沒有見到他走出房間了。

「不客氣。」

我坦率地點頭說道。

「其實是應該由我來說的。」

桐生媽媽說了很奇怪的話。這是什麼意思？我思索著。

樓上傳來桐生同學打開房門的聲音，我轉過頭去，看見他穿著我見慣的制服，背著書包。準備好了呢，我心想著站起來。桐生媽媽已先行走下樓梯，我沒像桐生媽媽那樣心急，就在樓梯上等桐生同學下來。

在此期間，我也沒忘記把手裡抓著的筆記本收進書包裡。

「那個……」

我望向自己右手拿著的東西，不是筆記本。桐生同學也注意到了。

我老實告訴他自己現在的意思。

「這個給我。」

搞不好他會拒絕，不，我覺得平常的桐生同學一定會拒絕。但是桐生同學只露出有點不好意思的表情，然後點點頭。

雖然很高興，然而桐生同學為什麼答應，我並不明白。但是沒關係，我決定把桐生同學送我的東西掛在房間裡。

「我們走吧。」

「嗯。」

桐生同學眼中的光芒還在。

🐾

我們到了學校，走近教室，桐生同學揪著我制服的腰際。

這豈不像是摸女生的屁股一樣嗎？但我什麼也沒有說，因為桐生同學的心情我很瞭解。

就因為瞭解，所以我抬頭挺胸。我的胸部還沒跟馬蚤貨小姐或仁美老師一樣挺起來，但還是盡量挺胸。因為害怕就畏縮的話，便正中了對方的下懷。越是這種時候，越要抬頭挺胸，就算是騙人的，虛張聲勢也好。這是之前我跟爸爸在晚上散步時他教我的。

我先走進教室，桐生同學跟在我後面。我們從後門進去的時候，時間好像停止了，每個人都望向我們，一動也不動。但只有三秒左右，在那之後大家都把眼神移開，再度開始講話。

只有一個人面帶笑容望著我們。當然啦。

「各位同學，現在在上課喔，請安靜。小柳同學跟桐生同學，你們來得剛好，雖然有點遲到，但我們才剛開始上課，不用擔心。」

我像公主一樣，拎起裙子兩邊跟仁美老師行禮。仁美老師一定清楚聽見「merci」*5，雖然我並沒說出口。

桐生同學為難又羞赧地跟仁美老師低頭行禮，然後坐在自己的座位上。

啊，說到這個。

「老師，我今天課本都忘記帶了，我要跟桐生同學一起看。」

我大聲說道。教室裡又響起竊竊私語聲。

「明天開始要注意喔。」

仁美老師只提醒說道，然後同意我把書桌移向桐生同學的方向。我今天本來就沒打算來上學，所以根本什麼都沒帶。

我們把書包放在後面的架子上，準備上課。現在第一節課剛開始十五分鐘，是國語。不是很剛好嗎？我對桐生同學眨眼，但他低著頭，完全沒注意到。

今天的國語課當然也討論幸福是什麼？這個作業最後的發表就快到了。今天我們兩人一組，討論上一堂課讀到關於幸福的文章。

桐生同學沒有讀過那篇文章，所以我想我得先說明文章的內容。我是這麼以為的。但其實桐生同學已經讀過那篇文章了，他確實有在房間裡看過仁美老師送到家裡的講義。

我跟比平常更為低調的桐生同學討論那篇文章。補足不足的東西是不是幸福；還是即使不足，只要覺得滿足的話就是幸福。

桐生同學一直低著頭，所以大部分時間都是我在說話。我知道我們討論

---

*註5：法文「謝謝」。

的時候，班上同學都在偷看我們。之前分明排擠我，現在卻又好奇，真覺得他們實在太奇怪了。

仁美老師走到我們旁邊。老師在我們討論的時候，會巡視大家的情況。

「仁美老師，早安。」

仁美老師走過來，我先跟她問好。

「嗯，早安。桐生同學也早。」

「早安。」

桐生同學仍舊低著頭，小聲地說。

他並不是害怕，我知道他也想見仁美老師。

這種狀況下的心情是這麼形容的，尷尬。

我也有尷尬的時候，比方說跟媽媽吵架就是。所以我很清楚，尷尬的狀況總得自己設法解決。

我躲開仁美老師的視線，握住桐生同學的手，心想，我的勇氣要是能分一點給他就好了。但其實沒有必要。桐生同學緊握了一下我的手，然後鬆開，他在仁美老師開口問之前，就把頭抬起來。

「老、老師，關於幸福，我有跟教學觀摩的時候，不一樣的發現。」

他用絕對不算大的聲音吞吞吐吐地說，我在心裡替他加油。

也就是說，我一直想著桐生同學。這就是馬蚤貨小姐說的幸福。

那桐生同學的幸福是什麼呢？我們早就知道了。桐生同學第一次親口說出來，我覺得很驕傲。因為他在班上的粉絲一定只有我一人而已，我可以以他為傲吧？

「哎，是怎樣的發現？」

桐生同學突然這麼說，仁美老師可能很驚訝，但從她臉上完全看不出來，她帶著非常溫柔的表情問桐生同學。喜歡仁美老師的同學，看見這種表情一定什麼都願意說的。

桐生同學望著仁美老師的面孔，嘴唇顫動。

我發現班上同學都在看這裡，心想，在此之前他們根本不理桐生同學呢，但現在這樣也很好。這是讓大家都知道桐生同學本意的好機會，也是桐生同學反抗的第一步。

快點，說給他們聽吧。

「我覺得幸福的是，畫…………」

但是桐生同學說到一半就停下來了，仁美老師仍舊溫柔地等待桐生同學。我睜大了眼睛望著他，不會在這個時候臨陣退縮吧。我的眼神搞不好看起來像是在責備他，或許我非反省不可。

但我誤會桐生同學了。雖然我是他的夥伴，但還是覺得他有點軟弱，我應該為此跟他道歉。

我想起阿嬤說過的話。

——**那個孩子搞不好沒有小奈想得那麼軟弱。**

「我的，幸福就是，」

話說到一半的桐生同學，深呼吸了好幾次之後，咬了一下嘴唇，然後挺胸說道。

「嗯嗯。」

「喜歡我的畫的朋友，就坐在我旁邊。」

真是的，人生就跟黑白棋一樣。

即使有討厭的黑色，但也有漂亮的白色？不是這樣的。

只要有一點白色，就可以將我黑暗的心情一掃而空。

發生好事的好日子，我就會非常想讓重要的人知道我所碰到的好事。

放學之後，我迅速地跟桐生同學告別，盡快跑回家，連書包也沒有放下，就跟斷尾美女會合，往那棟乳白色公寓前進。

「幸～福～不會～走～過～來～」

「喵～喵～」

小美女驚訝地聳聳肩，但結果還是跟我一起唱了。我心想，幹嘛裝大人啊。但這種不坦率的個性，或許能讓男生心動也說不定。

要是說她教了我什麼，那就是如何操縱男生的心吧。我一面想著，一面朝著堤防向前走。

天空很藍，草地很綠，地面是咖啡色的，方便行走的路面是磚紅色，風是透明的，人是自然的肉色。不同的東西有不同的顏色，每一種我都喜歡。

但最令我最雀躍的，還是在堤防上看見乳白色的時候。

我在腦中演練要跟馬蚤貨小姐說的話的順序。

首先，得跟馬蚤貨小姐道歉，今天我心情能這麼好，都是馬蚤貨小姐的功勞。然後把今天發生的事從早上說起，不重要的部分簡單帶過，重要的部分就稍微誇張一點。重要的部分之間不重要的部分，為了讓重要的部分更為精彩，也要稍微修飾一下。

強調桐生同學平常不會做像今天這樣的事，或許可以增加驚喜感。再把重點放在只有阿嬤看出桐生同學或許有做這種事的勇氣，應該很不錯。

我的心臟怦怦跳動，比看見可可粉在熱牛奶裡融化，或是聞到可可的香味時跳得還厲害。來到和可可非常相配的、蛋糕似的乳白色建築，走到樓梯旁邊，我的興奮到達了最高點。

走上咖啡色的階梯時，發生了跟平常不一樣的事——斷尾美女沒有要上樓的樣子。

「怎麼啦？」

我問她，她不回答。

「妳不想喝牛奶嗎？」

她仍舊不回答。是不是受傷了，不好爬樓梯呢？我想抱她起來，但她卻迅速躲開。

「奇怪的孩子。那妳就在這裡等我吧。」

「喵～」

朋友終於回答，她的聲音很小。

到底是怎麼了啊？好吧，貓可能也有心情不好、不想爬樓梯的日子吧。

雖然擔心朋友，但心裡還是想著要跟馬蚤貨小姐講的話。我走到馬蚤貨小姐家門前，大致已想好要怎麼說了，便伸手按門鈴。

門後響起叮咚的鈴聲，我心想「咦？」抬眼望去，看見了馬蚤貨小姐家的門牌。這麼說很沒禮貌，但寫的很難看的名字不見了。

是重新寫過了嗎？之前我也跟馬蚤貨小姐說過，我字寫得很漂亮，可以幫她重寫的。

馬蚤貨小姐一直沒有出來，所以我又按了一次門鈴，門後面有了動靜。

馬蚤貨小姐搞不好現在才起床，真是喜歡睡懶覺啊。我吃吃地笑起來。

但馬蚤貨小姐還是沒有出來。她分明應該在的，我伸手敲門。

「您好！」

我大聲地對著大門喊道。

過了一會兒，我聽見開鎖的聲音，門把轉動了。每天初見到朋友的時候，就算不是特別的日子，我也總是非常興奮。

但是，我的興致卻突然被潑了一頭冷水，作夢也沒有想到的事發生了。

從馬蚤貨小姐家出來的，不是漂亮溫柔的馬蚤貨小姐，是個年紀跟馬蚤貨小姐差不多的男人。

我跟那個哥哥面面相覷，兩人臉上的表情一定是一樣的吧。大吃一驚。溫和的哥哥雙眼大睜，然後眼睛骨碌碌地轉動，我覺得一定是我先想到對方是什麼人。

「你難道是，馬蚤貨小姐的男朋友？」

馬蚤貨小姐那麼漂亮，有男朋友也不奇怪，這樣的話，我也得好好自我介紹才行。

「初次見面，您好。我是小柳奈乃花，馬蚤貨小姐的朋友。」

我禮貌地自我介紹，但是哥哥卻皺起眉頭，露出非常奇怪的表情。

「馬蚤貨小姐今天不在家嗎？」

這個普通的問題讓哥哥把頭歪向一邊。

「那個……奈乃花，同學？」

「嗯，就是我。」

「我想妳認錯了，這裡是我家。馬蚤貨？沒有這個人喔。」

哥哥說了很奇怪的話。我的腦袋差一點從肩膀上掉下來。

「不可能的。我雖然第一次見到哥哥，但是這裡我來過好多次。難道是馬蚤貨小姐要給我一個驚喜嗎？」

我心想這可能是某種驚喜，但看來好像不是。哥哥有點為難地一笑。

「最好不要說這種話喔，什麼馬蚤貨之類的。」

「馬蚤貨小姐就是馬蚤貨小姐啊。」

「嗯——，不管怎樣，那個人不在這裡，一定是妳搞錯了。可能是別處的公寓吧，妳再確認一下。」

「絕對是這裡沒錯！我昨天才來過的。」

我不由得大聲起來，一定是因為我想起了一件事。

我心裡有膨脹起來的黑色物體叫做不安，哥哥應該不知道吧。他露出為難的表情。

「我昨天也在家，妳並沒有來啊？」

「騙人！是哥哥不在！我見到馬蚤貨小姐了！」

「嗯——，這該怎麼辦才好呢——。」

哥哥直接說出來了。

我知道小孩在讓大人為難的時候，大人只想要怎麼才能讓小孩閉嘴。

「對了，奈乃花可能是在作夢吧，夢到跟這裡很像的公寓。我小時候也找過在夢裡出現的地方，但是都沒有找到就是了。」

「夢……」

不對，不是作夢。馬蛋貨小姐確實在這裡，我們一起下了黑白棋，吃了布丁，她還握著我的手。不可能是作夢。

我心裡雖然這麼想，但我腦中閃過一件事，所以沒有繼續跟哥哥強調絕對不是這樣。我想起了南姐姐。

我跟南姐姐之間不可思議的遭遇，跟現在發生的事很像。但是為什麼會發生這麼多不可思議的事？我雖然聰明，也無法解釋。

如果一定要我用聰明的腦袋分析的話，就只有三個詞——那就是謊話、魔法、要不就是作夢。

在這三者之中，我想過有可能是哥哥說謊，但哥哥看起來真的很為難，不像騙人。

「妳稍等一下。」

我沒有回答。哥哥說完便走進屋子裡，回來的時候手裡拿著一根咖啡色的棒棒冰。

「來，這給妳。今天天氣很熱，不要中暑喔。」

哥哥給的棒棒冰很涼爽很舒服，但是我看見棒棒冰就知道，馬蚤貨小姐真的不在這裡，因為她的冰箱裡並沒有棒棒冰。

「一天之內搬家，不太可能吧……」

「是不可能，而且我已經在這裡住四年了。」

四年。對我這個小學生來說，簡直漫長得不得了。我知道了，雖然什麼也不知道，但我知道了。我知道又發生了不可思議的事。

謝過哥哥給我的棒棒冰，離開馬蚤貨小姐的家。

「再見。」

哥哥溫和地對我道別。

我沿著乳白色的牆壁走下樓梯，朋友在樓下等我。我明白了。

「妳知道馬蚤貨小姐不在啊。」

進。

她沒有回答，逕自邁步走在我前面，朝著我們已經走過很多次的方向前

我追上她，我的感覺跟她一樣。南姐姐、馬蚤貨小姐，我的朋友們紛紛神奇地消失了，她們上哪去了呢？要請教不明白的事，最好是問比自己年紀大很多的人，因為她可能有過相同的經歷。

我一面往前走，一面咬著棒棒冰前面開口變軟的部分，一口、又一口。

「果然有點苦。」

我不喜歡咖啡的味道。我一面吃一面想著。

棒棒冰溶解了之後，我請路邊的螞蟻先生吃了。

# 10

抵達阿嬤家的時候，我滿頭大汗。大木門上又貼著一張紙條，上面寫的字和上次一樣。

我走上玄關，替小美女擦了腳，脫了鞋子走進安靜的大木屋裡。

我的腳步聲和上次不一樣。今天在家裡換穿了涼鞋，之前穿著襪子走在地板上很滑，今天光腳黏黏的。我穿了夏天可愛的涼鞋，本來想讓馬蚤貨小姐稱讚的。

要是阿嬤知道馬蚤貨小姐到那裡去了，知道她發生了什麼奇怪的事的話，我就要立刻去找馬蚤貨小姐，讓她看我的涼鞋，然後我想一面吃冰棒，一面跟她講桐生同學的事。

木頭的家裡好安靜好安靜，安靜到好像可以聽到木頭的聲音。阿嬤搞不好又在二樓。我沿著走廊前進，結果今天阿嬤在一樓。

阿嬤大概是被我打開臥房玻璃門的聲音給吵醒了，她躺在冷氣房的床上，對我微笑。

「妳來了啊，歡迎。」

「嗯，對不起，妳在睡午覺啊。」

「沒關係，我剛好要起來了。」

「這樣太好了。有沒有做好夢？」

我的問題讓阿嬤笑起來。

「啊，又做了，相同的夢。」

阿嬤說著。她用比平常緩慢得多的動作從床上起來，拉開窗簾，跟客廳不一樣的和煦陽光照了進來。我覺得掛在牆上的那幅畫好像自己會發光一樣。

「冰箱裡有柳橙汁喔。」

我正要關上臥房的門，阿嬤說道。

我去廚房拿了兩人份的鋁箔包柳橙汁回來，阿嬤接過柳橙汁說：「謝謝」，然後放在床上。酸酸甜甜的柳橙汁洗掉了我嘴裡殘存的苦味。

「順利嗎？」

阿嬤沒有明說是什麼事，只問了一句話。我點點頭。

要是平常的話，我會開始滔滔不絕，但現在卻沒有。

「發生什麼事了嗎？」

果然又被阿嬤看穿了。

「嗯，我們班上同學的事很順利。」我擠出好像熬煮半天的聲音說道。

「馬蚤貨小姐，不在了。」

我把今天發生的事全跟阿嬤說了。不對，其實是昨天的事。我因為桐生同學而非常沮喪，馬蚤貨小姐給了我建議，不知怎地突然哭了起來，然後發現我跟馬蚤貨小姐有同樣的口頭禪。

接著就是今天發生的事。馬蚤貨小姐不見了，一個不認識的哥哥住在她家，給了我不喜歡的棒棒冰，這比南姐姐不見時更加奇怪。

阿嬤聽了我的話，說不知道馬蚤貨小姐在哪裡。雖然很遺憾，但我心中又想起了另外一件不可思議的事。

「馬蚤貨小姐跟南姐姐一樣不見了。我雖然覺得很寂寞，但卻沒有像桐生同學說討厭我時那樣的感覺。」

我跟阿嬤說道。

「這樣啊。」

阿嬤點點頭。

「也就是說，妳並不感到絕望。」

不愧是阿嬤，什麼都知道，但我還不會寫「絕望」這兩個漢字。

「小奈相信總有一天還會見到她們的吧。」

阿嬤把我無法解釋的安心用言詞表達出來。

「就是這樣。雖然我跟推理小說裡的偵探不一樣，沒有證據。」

阿嬤瞇起眼睛點頭。

「是啊。但是小奈的想法一定是正確的。沒問題的，妳總有一天一定可以再跟她們見面。」

「嗯，我也相信是這樣。」

我用力點頭。

「小奈有看見未來的力量。」

阿嬤又說跟以前一樣的話。

「但是我還想多跟她聊聊天，多下幾盤黑白棋。」

「難得在班上交到朋友了，跟他練習不就好了嗎？」

「說得也是，但桐生同學有沒有看見未來的能力就不知道了。」

阿嬤嘻嘻笑起來，簡直像是想起了桐生同學的面孔一樣。不對，阿嬤沒見過桐生同學，她可能是想起了畫畫的朋友吧。

「馬蚤貨小姐問過我阿嬤是不是幸福。」
「這樣啊。」
「之前阿嬤說過很幸福，是不是因為想起了畫畫的朋友啊？」
阿嬤又笑了起來。
「啊，可能是吧。而且我也非常關心家人和小奈。」
「那阿嬤也覺得幸福就是真心替某個人著想囉？」
「哎喲，是不是快要交作業了啊？」
這就叫做正中要害。但是我會問阿嬤這個以前問過好幾次的問題，是有其他的理由。
「我真的想知道答案。這個作業真的很難啊。」
因為我一直在想這個問題，真的覺得很難。
「幸福有好多好多種。最近發生了很多事，我問了很多人他們覺得幸福是什麼。南姐姐說是原諒、馬蚤貨小姐說是能為別人著想、桐生同學說是有朋友，我覺得每個人說得都對。但是我還沒辦法用一句話形容自己所有的幸福，要從很多幸福當中選一個真的很困難。人生就跟便當一樣。」

「這是什麼意思？」

「想把所有喜歡的東西都裝進去啊。我現在還不知道那個便當有多大，叫做什麼名字。阿嬤，要是仁美老師問妳幸福是什麼，妳會怎麼回答？」

好難好難的問題，但是阿嬤好像已經有答案了，她一定有替我想過，我的問題一點都沒有讓她煩惱。

阿嬤好像回想起什麼往事似地望向窗外的天空。

「幸福呢，」

「嗯。」

「就是現在能說出，我很幸福。」

阿嬤的答案是我到目前為止聽到的答案中，最清楚明白、最讓人感動的。但是——

「這樣的話，要是不能活到老，就沒有說服力了。」

就算有人給了提示，結果還是得自己思考。

我和阿嬤一起喝柳橙汁，看著牆上的畫，我突然想起了書包裡的東西。

「對了，桐生同學送了我一張畫。」

我把書包裡漂亮的畫拿出來。我跟桐生同學很熟，知道他願意讓人看他的畫就是一件很了不起的事了，竟然還肯送我，那我當然可以引以為傲。

桐生同學的畫是一朵花。阿嬤看見這幅鉛筆水彩畫，臉上的皺紋更深了。

「畫得非常好。」

「是吧？他能畫出這樣的畫，卻一直偷偷摸摸的，這就叫做暴殄天物。桐生同學只要繼續練習，一定可以畫得跟阿嬤的朋友一樣好。」

「嘻嘻，我的朋友很厲害喔！既然小奈這麼說了，那或許真的可以也說不定。」

「絕對可以的。」

不肯認輸的我抬頭挺胸地說道。

我坐在阿嬤的床腳，跟她講了沒能跟荻原同學討論的《我們的七日戰爭》的故事。我說，書裡面出現的大人也都太笨了吧？阿嬤笑著說，笨的大人比聰明的大人還多，而且聰明的大人也未必是好人喔。

講故事非常開心。其實，我還想講南姐姐寫的故事，但時間不知不覺間就過去了，床邊的鐘告訴我已經到了不得不回家的時候。

我站起來，阿嬤說她還要再睡一下，又躺回床上。我帶著斷尾美女靜靜走到門口，以免吵到阿嬤。

我本來應該就這樣離開臥室的，但我又停下了腳步。

「喏，阿嬤。」

我很不安。

「阿嬤不會也不見吧？」

阿嬤沒有回答。我聽見她平穩的呼吸聲，不想打擾她，便拉上嘴巴的拉鍊，帶著黑色的小朋友一起乖乖地離開了大木屋。

後來我又去了那棟乳白色的公寓好多次，但是馬蚤貨小姐還是不在。

馬蚤貨小姐不見了之後，我放學後能去的地方就只剩兩處了。小山丘上阿嬤的家，和另外一個地方。

「我不太會下黑白棋吔。」

「那我讓你先走好了。」

放學以後，我邀了斷尾美女一起去桐生同學家。

第一次去的時候，桐生同學看見我帶了黑白棋來，非常驚訝，但桐生媽媽很高興，端出柳橙汁請我。

手。

連續去了幾天，桐生同學沒那麼驚訝了，我們要好地一起下黑白棋，一起畫畫。要是說誰比較厲害的話，兩邊的得分加在一起，一定就可以打成平手。

我在桐生同學家的時候，小朋友總是在外面等我。她怕生，桐生同學也怕生。我曾經邀他一起去阿嬤家，但他露出非常為難的樣子僵住了。

「桐生同學，桐生媽媽，我們明天見。」

道別的時候我一定會這麼說，然後跟滿面笑容的兩個人揮手，帶著黑色的小朋友一起走向小山丘。

「幸～福～不會～走～過～來～」

「喵～喵～」

「馬上就要放暑假了，妳要做什麼呢？」

「喵～」

「什麼都不想真是自在呢。我想去游泳。難得現在交到了朋友，我們找找除了人類以外，也可以進去的游泳池吧。」

「……喵～」

她的表情很尷尬，搞不好她不喜歡水。

「沒問題的，我也只能游二十五公尺。要是妳真的不想去的話，那我們就找別的地方，三個人一起去好了。人生就跟暑假一樣。」

「喵～」

「想做什麼都可以。我們得找到愉快的過法。這會不會太單純了？」

「喵～」

說著說著，不知何時已經到了阿嬤家。我們看著不知從什麼時候開始就一直貼在門上的紙條，跟平常一樣走進去。木頭房子裡也跟平常一樣安靜，完全沒有聲音，但我們不用找阿嬤在哪裡。

最近阿嬤總是在床上睡覺，有時候我走進臥室時她會醒來，有時候會繼續睡。如果阿嬤在睡覺，我不會故意把她叫醒，我會坐在房間地板上看書，欣賞牆上的畫，或是跟小美女玩。有時候阿嬤會起來，有時候一直到我要走了都還沒醒來。阿嬤沒起來的時候，我總是撕下一張筆記本的紙，留字條給她。

「阿嬤夏天總是睡懶覺。我是在春天睡懶覺。」

「年紀大了會覺得時間過得很快，阿嬤搞不好已經到下一個春天了呢。」

我之前聽到這種說法的時候，覺得真是太神奇了。因為時間過得快的話，那愉快的事情也會比較常發生啊。

但是阿嬤最近太常睡午覺了，我有點擔心。

馬蚤貨小姐剛剛不見的時候，阿嬤沒睡覺的日子比較多，要是在睡覺的話，我來了她也會醒來。最近阿嬤總是在睡覺，而且常常沒發現我來了。

午覺睡這麼久的話，晚上不會睡不著嗎？我很擔心，而且我擔心的還不止這個。

暑假快到了，作業的最後發表日也近了。

幸福是什麼？日子一天一天過去，我仍舊沒有找到答案，這樣下去真的沒有時間了。

阿嬤今天也在睡覺。我坐在她旁邊，雙手交抱在胸前，望著天花板，但是答案可能被天花板擋住了，並沒有從天上掉下來。

🐾

時間好像只顧著前進，完全不會倒流，不管多麼必要，不管怎麼希望，也都不會倒流。南姐姐跟馬蚤貨小姐都這麼說了。我並不是懷疑她們，但還是要自己親身經歷，才能確定是真的。

我還沒有找出問題的答案，但明天就是發表的日子了。

在此之前，關於幸福是什麼，我跟桐生同學和仁美老師已經討論了很多次。

但是我腦中答案的拼圖還是沒有完成。跟桐生同學討論幸福，不知怎地總有點不好意思，但他好像已經決定要發表畫畫這個主題。

小柳同學呢？桐生同學問，但我無法回答。

「畫人臉的時候，畫一個圓圈，從中間縱分成兩半，然後在正中央畫眼睛。」

桐生同學的建議讓我吃了一驚。

「下黑白棋的時候，盡量先攻佔四角比較好，因為四個角落不會被包圍。」

我的建議也讓桐生同學吃了一驚。

離開桐生同學家後，我和斷尾美女一起前往阿嬤家。

其實今天搞不好不去阿嬤家也沒關係。我心裡雖然這麼想，最後還是決定要去阿嬤家。

為什麼我會覺得不去阿嬤家也沒關係呢？因為這一星期以來，我跟阿嬤一次也沒說上話。阿嬤一向睡得很好，特別是這星期一直都在睡，我去了她也沒醒，一直躺在床上。搞不好她睡得連飯都忘記吃，我覺得阿嬤看起來好像瘦了。

所以，要是阿嬤今天也睡得很熟的話，那我不如跟桐生同學繼續討論幸福作業比較好。

但我還是去了阿嬤家。理由是，我想讓活了很久的阿嬤給我最後的提示。黑色的小美女也贊成我去阿嬤家，不過，她是因為不擅長應付桐生同學就是了。

如果阿嬤沒在睡覺就好了。我心裡這麼想著，走向大木屋。

結果我還是吃了一驚。我跟小朋友一起走進臥室的時候，看見阿嬤坐在床上，不由得哇地叫出聲。阿嬤看見我微笑起來，臉上的皺紋更深了。

「小奈，抱歉啊。妳的信我都看到了。」

「嗯，完全沒關係。今天不想睡嗎？」

「嗯，沒問題。我已經睡很多了。而且，」

阿嬤說了我聽不懂的話。她說：**今天是最後了**。聽不懂的話就要問。

「什麼最後？」

「小奈不是說過了嗎？明天是作業的發表日，所以今天是最後準備的時間呀。」

「嗯，對，就是這樣。所以我今天才來找阿嬤。」

阿嬤聽了我的話又笑起來。我覺得她真的瘦了。

「嗯，阿嬤能幫得上忙的話，什麼都可以。」

「比方說減肥的秘訣嗎？」

阿嬤的笑容跟以前一樣，又溫柔、又祥和、又平靜，跟馬蚤貨小姐、南姐姐和我都完全不一樣的笑容。一定是因為她過了幸福的一輩子，所以才能露出這樣的笑容。

要怎樣才能露出這種笑容呢？我覺得這就是問題最後的答案。

「我想拜託妳，阿嬤。」

「嗯？什麼事？」

「阿嬤可以告訴我妳過的一輩子嗎？」

我坐在阿嬤的床腳。這張床比我的床要軟，彈性很好，我每次都想在上面蹦跳，但今天有正經的請求，所以忍著沒動。

斷尾美女一定也想聽阿嬤的答案吧。小小的她縱身跳到阿嬤腿上，抬起金色的眼睛望著她。我的朋友真是個小魔女，她金色的眼睛搞不好讓阿嬤想起了以前的事。

「我從小孩長成大人，然後變成阿嬤，做自己喜歡的事，跟喜歡的人過了一輩子喔。」

阿嬤望著她的眼睛，開口說道。

「……這樣不是很普通的人生嗎？」

我有點洩氣地說。

「嗯，普通的人生。我過了普通而幸福的一輩子。」

阿嬤連聲音都充滿了幸福。在我聽起來是這樣。

「我可能也曾經是這樣。不對，我一定也有過。」

「……有過什麼？」

「連一個朋友都沒有的時候。」

我只能把頭傾向一邊，但是阿嬤卻好像稱讚我似地點點頭。

「我可能沒有成為任何人的夥伴，可能沒有辦法愛任何人，可能傷害了別人，可能沒有辦法對任何人溫柔。但是我辦到了。我支持了重要的人，我愛我的家人和朋友，我或許傷害過別人，但我想成為溫柔的人。所以我的人生很幸福。或許我也可能有過，」

阿嬤直直望著我的眼睛。

「有過沒有辦法道歉、失去了重要的人、孤獨地傷害自己的時候。」

我想起南姐姐的眼神。

阿嬤握住我放在床上的手。

「有過討厭自己、自暴自棄，甚至想就這樣結束人生算了。」

我想起馬蚤貨小姐的手。

「但是我沒有那麼做，才得以走上幸福的人生。當然討厭的事情數也數不清，但是高興愉快的事情卻更多。」

「……人生是，道路嗎？」

阿嬤說「走上」引起了我的注意。我想起了南姐姐和馬蚤貨小姐的話。時間不能倒流。所以我想人生可能是不能回頭的一條路。但是阿嬤卻搖頭。

「不對，人生不是道路。因為人生沒有紅綠燈，不是嗎？」

阿嬤講的話好好笑，我嘻嘻地笑起來，我也回她一個笑話。

「那，人生就是高速公路囉？」

「說不定呢。」

第一次聽到阿嬤附和，我又笑起來。

「小奈，我的人生呢，真的很幸福。小奈現在幸福嗎？」

我仔細想了一下。

「嗯，有好多幸福的事呢。」

爸爸和媽媽都很關心我、晚飯都是我喜歡的菜、我有一起下黑白棋的朋友、學校有支持我的老師、還有溫柔的阿嬤、也有跟我一起唱歌的小朋友、南姐姐和馬蚤貨小姐總有一天還能見面的。雖然也有討厭的事，但現在我覺得幸福的時候比較多。

「小奈很聰明，所以一定知道要怎麼樣才能幸福。」

「…………」

「我也是這樣過來的。小奈說的南姐姐跟馬蚤貨小姐，從現在開始一定也是這樣。這都多虧了小奈。」

「…………」

「大家都是自己選擇的，」

我覺得好像看見了洞窟的出口。

「為了獲得幸福。」

在深邃的洞窟裡，一片漆黑之中，走到外面時，燦爛到幾乎睜不開眼睛的光芒，和比想像中更為壯麗的景色。那裡有無數美麗的綠意，微風吹拂，無數的緣分和幸福，只要踏出一步就能到達的願景，讓我的心中充滿甜蜜。

阿嬤的一句話讓我心裡充滿了想像。雖然是想像，但卻不是謊言。我的領悟讓我見到了那樣的風景。

「阿嬤，謝謝妳。」

我真心誠意地跟阿嬤道謝。

「來找阿嬤真是太好了。」

「找到答案了嗎？」

「嗯。」

真是太神奇了。雖然有很多不可思議的事，但現在我眼前又出現了不可思議的光景。

我在阿嬤的臥室裡，坐在床上，斷尾美女跟阿嬤也在，世界跟剛才並沒有任何不同，但我卻覺得現在這個世界散發出跟之前不一樣的光輝。

阿嬤好像知道我看世界的眼光不一樣了，她用纖細的手指摸摸我的頭。

「我的人生也跟小奈一樣幸福滿溢，已經沒有任何遺憾。但老天在最後還給了我獎勵，沒有比這更幸福的人生了。」

「老天給了妳什麼獎勵？」

「讓我遇見了小奈呀。」

我好高興喔，我也是阿嬤的幸福。我能讓阿嬤覺得幸福，而且我知道阿嬤絕對不會說謊的。

「我在黑白棋最後的棋盤上，下了小奈這個幸福的棋子。」

「人生不是道路，是黑白棋？」

阿嬤搖頭。

「不是喔。」

可能是因為柔和的光線，阿嬤說著說著好像突然犯睏似地搖搖頭。我把小美女從阿嬤腿上抱起來，阿嬤慢慢在床上躺下，她微微睜開眼睛，用微弱的聲音說：「謝謝。」

「小奈，幫我把窗子打開好嗎？」

我走到床的另一邊伸手把窗戶拉開。窗口吹進跟冷氣不一樣、帶著好聞氣味的風。

「還有什麼要我做的事嗎？」

「……沒有了，謝謝。」

「那我就回家了，不打攪妳睡午覺。阿嬤，真的謝謝妳。」

「不客氣。希望小奈的發表順利。」

阿嬤在被窩裡舒服地閉上眼睛。我抱著黑色的小美女，走出臥室。

打開臥室的玻璃門時，背後傳來叫我名字的聲音，我轉身走回床邊。

「還有最後一件要跟妳說的事。」

阿嬤好像說悄悄話似地對我說。

「嗯。」

「聽好了，人生呢，」

阿嬤學我的口頭禪。這一點也不好笑，到底是什麼意思？我用不著問。阿嬤跟我說的話比好笑的笑話更讓我心滿意足。

我走出阿嬤的臥室，靜靜地通過走廊，在玄關穿上鞋子出門。眼前是見慣的草地，但我覺得看起來果然帶著跟我來時不一樣的光芒。這都是托了阿嬤的福，明天我一定要再來。

「留張字條說我明天再來吧。」

我走下阿嬤家門口的木頭台階，踏上草地，跟往常一樣開始唱歌。

「幸～福～不會～走～過～來～」

「喵～」

從我身後傳來的聲音不是歌聲，朋友跟平常不一樣的聲音讓我回過頭，她的聲音告訴我她有重要的話要跟我說。

「怎麼啦？」

我轉過身，斷尾美女還坐在阿嬤家的大木門前，她金色的眼睛直勾勾地望著我。

「……喵～」

她說要留在阿嬤家。放學以後，我們在我家門前之外的地方分開，這還是第一次。

「我知道了。那明天見，不要給阿嬤添麻煩喔。」

「喵～」

不可思議的聲音，像是同時在說謝謝和再見。這一定是人類不能，只有她能發出的聲音吧。

她的聲音讓我有點介意，但我心想她是個壞女孩，一定是故意這樣逗我的。我朝她揮揮手，走向坡道。

一陣大風讓我轉過身。

好大好大一陣風吹過我，我好像被風拉著手一樣，轉向阿嬤家的方向。不對，是轉向應該是阿嬤家的方向。

我發現人遇到不可思議的事情，吃了一驚、嚇了一跳的時候，會叫不出聲音來。

風拉著我轉到的方向，是一片綠色的草地，有花有草有樹木。

除此之外，什麼也沒有。

剛剛分明還在的木頭房子，剛剛還一起說話的朋友，都不見了。

在那之後，強風一次也沒有吹過。

教室裡的空氣跟爸爸吉他上的弦一樣繃得緊緊的。這裡每一個人，不對，除了仁美老師之外的每一個人，都非常緊張。桐生同學好像也很緊張，我也很緊張。分明現在旁聽的人少很多，比起教學觀摩的時候少多了。

我覺得緊張是當然的，為了這一刻，把聰明的腦袋都快要想破了。

跟往常一樣的行禮，跟平常仁美老師的課程稍微有點不一樣的內容，然後就跟平常不一樣的最後發表時間。

第一個發表的是坐在左邊最前面的男生。我可以不聽他們發表的內容，我可以只看自己的內容，考慮要怎樣才能表現得更好，但我卻認真地聽了班上同學的發表。

這是因為要是我努力的結果沒人傾聽的話，我也會很傷心的。

**大家都不同，但是大家也都一樣。**

搞不好會有一個人的答案跟我接近，我緊張地這麼想著。但在我之前都沒有人發表類似的內容。

大家依序發表，終於下一個就輪到桐生同學了。

我很緊張，但桐生同學看起來比我更緊張。不知怎地我看見桐生同學額頭的汗珠，覺得自己心裡的緊張溶解了，可能是被桐生同學吸收了也說不定。

不緊張的我想鼓勵消除我的緊張的桐生同學。我小聲地叫他，但他好像沒有聽見，於是我握住他的手，在桌子底下偷偷地握住。桐生同學好像吃了一驚，他轉頭望向我，咬住發抖的嘴唇，然後微微一笑，他的手也沒抖得那麼厲害了。

輪到桐生同學，他站了起來，堂堂地，不，這樣說太誇張了。他用不能算大的聲音，發表了自己對幸福的看法。

這次發表之後，他好像偶爾還是會被捉弄。除了畫畫之外，還被取笑跟我做朋友的事，真是有夠蠢的。要是桐生同學一直被欺侮，只要他希望，我可以替他吵架。但我幾乎都不跟同班同學吵架了，桐生同學也慢慢地學會回嘴，慢慢學會了閃躲。

他說了畫畫、家人、仁美老師、和隔壁的朋友，是非常精彩的發表。

他的發表結束後，就輪到我了。

我被叫到名字，站了起來。

這個時候本來應該已經消失的緊張，又慢慢爬上我的背。我想拿起桌上的筆記本，卻怎麼都拿不起來，因為我的手在發抖。筆記本上是自己寫的日文字，但卻看不懂。怎麼辦啊。

我緊張得要命，額頭上流下汗珠。就在此時，有人握住我的左手，我猛地望向自己的手。

握住我的手的是桐生同學，我又感到自己的緊張消失了。

看著仁美老師，我用雙手捧起筆記本，跟全班同學發表了自己思考了許久的答案。

「我的幸福就是，」

在發表的時候一直想著南姐姐、馬蚤貨小姐、阿嬤和斷尾美女，以及我和她們共度的那些時光。

我其實搞不好知道，知道可能不會再見面了。

所以，我一定哭了。

那天放學後，我讓最近跟我一起回家的桐生同學稍等，自己去了教職員辦公室，我有兩件事想問仁美老師。

走進辦公室，仁美老師正和隔壁的信太郎老師愉快地講話。仁美老師注意到我，立刻轉頭對我微笑。

我說，我要講的話有點長喔，仁美老師就帶我離開辦公室，到沒有人的小教室裡去。

仁美老師的體貼讓我得以安心地說出我要說的話。

「仁美老師，我有朋友。」

老師把頭傾向一邊。

我跟老師說了馬蚤貨小姐的事、南姐姐的事、阿嬤的事、金色眼睛的小美女的事。我跟她們聊了什麼，發生過什麼，她們怎樣幫了我，全都說了。老師應該能理解我想問什麼。

「我不知道我的朋友們為什麼都不見了，真是不可思議。」

我覺得這個問題仁美老師可能也不知道。最近這幾個星期發生的事就是這麼神奇，要不是使用魔法根本不可能發生。

所以老師想了一會兒之後，跟往常一樣豎起食指，讓我吃了一驚。我心想不愧是大人，不愧是老師。

到頭來不管怎樣，仁美老師都是我最喜歡的老師。

「搞不好她們是來見小柳同學的。」

老師好像搞不清楚狀況。

「不是喔，一直都是我去找她們。」

老師沒有露出為難的神色，反而微笑起來。

她要我思考所謂不可思議是什麼，並約好了我們兩個人的秘密作業。

我們走出沒人的教室，仁美老師回辦公室，我去和桐生同學會合。

桐生同學在圖書室，看我之前推薦的《湯姆歷險記》。

桐生同學。我輕聲叫道，怕嚇到他。

然而就在這個時候，我的嘴和聲帶都消失了。

我發現自己無法發出聲音，左眼和右眼看到的景色也完全不一樣。

此時我才終於發現——

啊，這樣就結束了。

# 11

又做了，相同的夢。

鬧鐘輕微的電子音、從遮光窗簾縫隙間透入的些許光線、光滑的床單、柔軟的枕頭、白色的天花板。

醒來的第一個念頭——又做了，相同的夢。

眨了幾次眼睛，移動手腕關掉鬧鐘，感覺到肚子上的重量。我把阻止我翻身的食客抱起來，放在地板上。她睡死的時候，就算家裡起火搞不好都不會醒來，就算動作粗魯一點也無所謂。

我下了床，拉開窗簾，讓陽光灑進屋內。嗯，今天天氣很好，風和日麗。

去洗臉吧。我心裡這麼想著的時候，放在床邊桌上的手機震動起來，我知道簡訊是誰傳來的。

看了簡訊，挺直脊樑，今天跟人有約，得打扮比平常漂亮一點才行。

我在洗臉台洗了臉，整理睡亂的頭髮。我的長髮很容易睡亂，每天早上在洗面台前面花的時間要比別人多得多。而且今天還做了那個夢，每次做了那個夢，我總忍不住盯著鏡子裡自己的臉。

把頭髮整理好，結束了多少有點自戀的時間，到廚房從冰箱裡拿出我喜歡的柳橙汁和昨天買的費南雪。

我坐在沙發上吃早餐，家裡的食客大概都在這個時候醒來。她在我腳邊慢慢起身，開始舔我的腳，可能是餓了吧。她舔我的腳讓我無法抗拒，起身到廚房去拿她專用的碗和牛奶，替她準備早飯。我還特別找出邊緣寫著她名字的那個碗。

我和她一起吃早飯。不知道她在想什麼，但我在想那個夢——剛才做的夢。

我常常夢到自己小時候，而且一定是小學的時候。明明有很多其他重要的回憶，但做的夢一定是那個時候。

簡直像是不斷追問似的一直問我。

——妳是不是真的很幸福？

我早餐後不喝咖啡，又喝了一杯柳橙汁，一面打開電視，換台看在播什麼。但電視上只有以前的動畫、悲哀的新聞、和大家一起欺侮某個人，簡直像是小學生策劃的節目。有個好像很厲害的大學教授看了某個節目，說了簡直跟十五年前一模一樣的話。

我關掉電視，留下腳邊的小美女，走到隔壁的工作室。

在這間兩房兩廳的公寓已經住了三年。搬家的時候，我跟仲介提到的最重要條件，讓對方露出非常訝異的表情，但仲介還是努力幫我找到了房子。外觀看起來非常美味的這棟建築，我非常中意。

工作室裡沒有任何多餘的東西，一張大桌跟裝有滑輪的椅子。桌上放著筆記本、鉛筆、鬧鐘和小電腦，書架上放著書。此外，就只有小朋友睡覺的毯子。

我坐在椅子上，先打開筆記本複習昨天的進度，然後拿起鉛筆，立刻開始工作。

我不用出去上班、沒有上班時間、也不用加班、更沒有遲到早退的問題。不用帶任何東西，只需要筆記本、鉛筆和我的腦袋，以及這個世界中的一切。

我一工作起來馬上就會忘記時間，所以會先把鬧鐘設定好。

今天光陰也如箭矢般飛逝，我又被自己設定的鬧鐘嚇了一跳。在筆記本上劃了一個小圓圈後，站起身來。平常的話我會連午餐也不吃，繼續工作，但今天不行，我有重要的事。

我瞥了睡回籠覺的食客一眼，到洗臉台前整理長髮，薄施淡妝，換上一件比平常稍微花俏一點的裙子，然後背起喜歡的背包，準備出門。

「喵～」

她不知何時起來了，在我腳邊皺著眉頭望著我。

「幹嘛？難得去約會不要背背包？沒關係，人生就跟背包一樣。」

「喵～」

「有東西可背，脊樑才挺得直。而且這像書包，我很喜歡。」

她好像聽不懂我的笑話，想快點出去似地，開始用爪子抓門。我家的食客白天都要出門的。我不知道她去哪裡，搞不好是跟哪裡的小女生一起爬小山丘去了。

我被食客催促，提早走出了家門。背包裡有我開始看的書、筆和筆記本，我已經做好準備要度過愉快的時光。

打開門，清爽的風迎面吹來，吹動了我的頭髮和裙子，簡直像是靜止著跳舞一樣。夏天馬上就要到了。

「啊，火柴，」

我叫住不等我鎖門就逕自往前走的無情食客，她眼波流轉地回頭望向我。她在半野放的生活中，到底要經歷過什麼，才會有那樣風情萬種的眼神啊？我雖然很想知道。但怎麼問她，她也不肯告訴我。

「我會在午夜之前回來，妳自己去哪裡玩玩吧。」

「喵～」

不用擔心。她說著，搖晃著長長的尾巴，踏著輕鬆的步伐離開了。雖然背影看著不像，但她的行動總讓我想起以前某個壞女孩。

我也該出發了。

「幸～福～不會～走～過～來～所～以～要～自己～走過去～」

我一面低聲唱著，一面伸展了一下身體，朝著比那時高得多的視線望見的景色，踏出今天的一步。

幸福就是覺得自己很高興、很快樂、以自己選擇的行動和言語，好好對待重要的人、好好對待自己。

又做了，相同的夢。做了那個夢，我總有種感覺。

彷彿是自己在問自己：**妳現在幸福嗎？**

在回答那個問題的時候，我都會確定自己心中對幸福的定義並未改變，然後抬頭挺胸地點頭。

小時候那個把人生掛在嘴上、裝大人的聰明小女生沒法關心別人，沒有夥伴也沒有朋友，但是那個小女生運氣很好，有許多引導她的人。也多虧了那些人，那個小女生成為幸福的大人了。

引導我的人直到現在我還記得非常清楚——

馬蚤貨小姐、南姐姐、阿嬤。

我漸漸明白了。

馬蚤貨是什麼意思；她做的是什麼工作；南姐姐並不姓南；教學觀摩那

天，發生了墜機事件；阿嬤說我能看見未來，我已經知道是什麼意思了。

她們是來幫我的吧。當時還是個小女生的我，也幫了她們吧，我們是因此才相遇的。

長大之後，我明白了這些不可思議之事的理由，但我並不覺得那很悲哀。因為我現在仍舊非常喜歡她們，所以我自己做了抉擇。

我想跟南姐姐一樣，現在工作時用的仍舊是普通的筆記本；我想跟馬蚤貨小姐一樣，現在住在同樣顏色的公寓裡；我想跟阿嬤一樣，現在多少學著做點心。不過，我現在還是不會使用魔法就是了。

結果在那之後，我再也沒跟她們見過面。

不知道自己是不是跟她們一樣變成出色的大人了，但我跟南姐姐一模一樣的面孔最近漸漸開始像馬蚤貨小姐，再過幾十年，一定也會跟阿嬤一樣吧。

但是我的人生跟別人都不一樣。

我跟別人不一樣，得以選擇自己的幸福。

幸福不是從別處走過來的，而是自己選擇而獲得的。

又做了，相同的夢。做了那個夢，我總有種感覺。

彷彿是自己在問自己：妳現在幸福嗎？

回答那個問題的時候，我都會確定自己心中對幸福的定義，同時想起阿嬤最後對我說的話。

——聽好了，小奈。人生啊，全部都屬於充滿希望的妳喔。

在寬敞的畫室裡，我把椅子拉到他旁邊坐下，以免妨礙到他。

「我只是畫簽名而已喔。」

他笑著對我說。這裡很寬敞，我卻刻意坐在他旁邊。

「我又做了，相同的夢。」

我也笑著回答他。

沒跟他解釋是什麼夢，但他完全不懷疑我在那裡。

他拿著筆，在畫布右下角簽了自己的署名，他從中學時代就開始用這個署名了。他的本名聽起來像是「殺了你」[*6]，外國人聽到可能會害怕，因此他用跟自己名字相反的兩個字當作署名。

「這幅畫要展出嗎？」

「……不。」

他望著油菜花[*7]盛開的風景畫說。

「這是送妳的禮物。」

我知道這是他想和我求婚的意思。但我們才剛剛成為戀人，現在就求婚不會太早了嗎？

雖然這麼想，但我明白這幅畫一定包含了他從以前到現在的所有心意。

然而，重要的事情，我還是希望他能清楚說出來嘛。

---

＊註6：「桐生」發音為「kiryu」，近似「kill you」（殺了你），相反的署名是「live me」。

＊註7：油菜花（菜の花）發音與女主角的名字奈乃花相同。

「膽小鬼。」我對他說。
他笑起來，接著再度清楚地開口。
他跟我求婚了，我是怎麼回答的呢？
現在仍然比鄰而坐的我們，在此之後如何發展，都在玫瑰之下。

（全書完）

# 又做了，相同的夢

作　　者　住野夜 Yoru Sumino
譯　　者　丁世佳
發 行 人　林隆奮 Frank Lin
社　　長　蘇國林 Green Su

出版團隊
總 編 輯　葉怡慧 Carol Yeh
日文主編　許世璇 Kylie Hsu
企劃選書　許世璇 Kylie Hsu
封面設計　許晉維 Jin Wei Hsu
版面構成　譚思敏 Emma Tan

行銷統籌
業務處長　吳宗庭 Tim Wu
業務主任　蘇倍生 Benson Su
業務專員　鍾依娟 Irina Chung
業務秘書　陳曉琪 Angel Chen
　　　　　莊皓雯 Gia Chuang
行銷主任　朱韻淑 Vina Ju

發行公司　精誠資訊股份有限公司　悅知文化
　　　　　105台北市松山區復興北路99號12樓
訂購專線　(02) 2719-8811
訂購傳真　(02) 2719-7980
專屬網址　http://www.delightpress.com.tw
悅知客服　cs@delightpress.com.tw
ISBN：978-986-95620-5-8
建議售價　新台幣360元
首版一刷　2017年12月
三二刷　2024年03月

著作權聲明
本書之封面、內文、編排等著作權或其他智慧財產權均歸精誠資訊股份有限公司所有或授權精誠資訊股份有限公司為合法之權利使用人，未經書面授權同意，不得以任何形式轉載、複製、引用於任何平面或電子網路。

商標聲明
書中所引用之商標及產品名稱分屬於其原合法註冊公司所有，使用者未取得書面許可，不得以任何形式予以變更、重製、出版、轉載、散佈或傳播，違者依法追究責任。

國家圖書館出版品預行編目資料

又做了，相同的夢/ 住野夜 著；丁世佳譯.
-- 初版. -- 臺北市：精誠資訊, 2017.12
面；　公分
ISBN 978-986-95620-5-8(平裝)
861.57　　　　　　　　106012043

建議分類｜文學小說・翻譯文學

版權所有　翻印必究

MATA, ONAJI YUME O MITEITA
©Yoru Sumino 2016
All rights reserved.
First published in Japan in 2016 by Futabasha Publishers Ltd., Tokyo.
Chinese translation rights arranged with Futabasha Publishers Ltd. through Future View Technology Ltd.

本書若有缺頁、破損或裝訂錯誤，請寄回更換
Printed in Taiwan

| | | | |
|---|---|---|---|
| 廣 | 告 | 回 | 信 |
| 平信、免貼郵票 | | | |
| 台灣北區郵政管理局登記證 | | | |
| 台北廣字第1531號 | | | |

SYSTEX making it happen 精誠資訊 | dp 悅知文化 Delight Press

# 精誠公司悅知文化　收

## 105 台北市復興北路99號12樓

（請沿此虛線對折寄回）

不管是誰，都有因「現下」的不順遂，
而想「重新來過」的懊悔！

dp 悅知文化 Delight Press

# 讀者回函

《又做了，相同的夢》

感謝您購買本書。為提供更好的服務，請撥冗回答下列問題，以做為我們日後改善的依據。

請將回函寄回台北市復興北路99號12樓（免貼郵票），悅知文化感謝您的支持與愛護！

姓名：______________ 性別：□男 □女 年齡：______ 歲

聯絡電話：(日)______________ (夜)______________

Email：______________

通訊地址：□□□-□□ ______________

學歷：□國中以下 □高中 □專科 □大學 □研究所 □研究所以上

職稱：□學生 □家管 □自由工作者 □一般職員 □中高階主管 □經營者 □其他 ______

平均每月購買幾本書：□4本以下 □4~10本 □10本~20本 □20本以上

- 您喜歡的閱讀類別？（可複選）

  □文學小說 □心靈勵志 □行銷商管 □藝術設計 □生活風格 □旅遊 □食譜 □其他 ______

- 請問您如何獲得閱讀資訊？（可複選）

  □悅知官網、社群、電子報 □書店文宣 □他人介紹 □團購管道

  媒體：□網路 □報紙 □雜誌 □廣播 □電視 □其他 ______

- 請問您在何處購買本書？

  實體書店：□誠品 □金石堂 □紀伊國屋 □其他 ______

  網路書店：□博客來 □金石堂 □誠品 □PCHome □讀冊 □其他 ______

- 購買本書的主要原因是？（單選）

  □工作或生活所需 □主題吸引 □親友推薦 □書封精美 □喜歡悅知 □喜歡作者 □行銷活動

  □有折扣 ______ 折 □媒體推薦 ______

- 您覺得本書的品質及內容如何？

  內容：□很好 □普通 □待加強 原因：______

  印刷：□很好 □普通 □待加強 原因：______

  價格：□偏高 □普通 □偏低 原因：______

- 請問您認識悅知文化嗎？（可複選）

  □第一次接觸 □購買過悅知其他書籍 □已加入悅知網站會員www.delightpress.com.tw □有訂閱悅知電子報

- 請問您是否瀏覽過悅知文化網站？ □是 □否

- 您願意收到我們發送的電子報，以得到更多書訊及優惠嗎？ □願意 □不願意

- 請問您對本書的綜合建議：______

- 希望我們出版什麼類型的書：______